로크미디어가
유혹하는
재미있는 세상

ROK
MEDIA
로크미디어

이것이 법이다

이것이 법이다 69

2019년 8월 19일 초판 1쇄 인쇄
2019년 8월 22일 초판 1쇄 발행

지은이 자카예프
발행인 이종주

총괄 김정수
경영 지원 배진경 임혜솔 송지유

기획 이기헌 왕소현 박경무 이승제
책임 편집 최전경

발행처 (주)로크미디어
출판등록 2003년 3월 24일
주소 서울시 마포구 성암로 330 DMC첨단산업센터 3층 318호, 319호
Tel (02)3273-5135 **편집** 070-7863-8592 **Fax** (02)3273-5134
홈페이지 rokmedia.com **E-mail** rokmedia@empas.com

© 자카예프, 2015

값 8,000원

ISBN 979-11-354-3708-3 (69권)
ISBN 979-11-255-9575-5 04810 (세트)

이것이 법이다

69

자카예프 장편소설

로크미디어

CONTENTS

올바르게 미친 놈들

죽음의 천사들.

그들은 널리 알려진 집단은 아니다.

애초에 널리 알려질 수가 없는 집단이다.

해외에 나가서 구출 작전을 한다는 것은 사실상 타국에서 군사작전을 한다는 뜻이니, 국가에서도 부담스러워하는 그러한 행동을 민간인이 한다는 것은 엄청난 문제다.

"허."

노형진이 만난 사람은 덩치가 큰 흑인이었다.

그런데 웃기게도 머리에는 하얀색의 KKK단 모자를 쓰고 얼굴을 가리고 있었다.

'하긴, 내 모습도 저쪽에서 보면 멀쩡하지는 않겠지.'

노형진 역시 커다란 가면을 쓰고 커다란 옷으로 체형을 가리고 있다.

"우리를 지원해 주신다고?"

상대방은 낮은 목소리로 말했다.

그런데 그의 목소리는 그 커다란 덩치에 어울리지 않게 째지는 유형이었다.

그럴 수밖에 없다.

모두 헬륨으로 목소리를 변조하고 있으니까.

그가 흑인이라는 것도, 커다랗고 시커먼 손이 아니었다면 몰랐을 것이다.

그만큼 노형진도 상대방도, 자신들을 감추고 있었다.

"이렇게까지 감출 줄은 몰랐는데요?"

노형진은 확답 이전에 신분을 먼저 확인하고 싶었다.

그러자 남자는 피식 웃었다.

"우리가 가면 좋은 꼴은 못 당하니까. 저쪽이나 이쪽이나."

"아."

싸우다 죽는 걸 각오하고 하는 일이다.

하지만 싸우다 잡히는 수도 있다. 그럴 경우가 문제다.

"뒤에 누가 있는지 알아차리는 건 여러모로 곤란하거든. 그럴 거면 차라리 누가 있는지 모르는 게 더 안전하지."

아무리 고문하고 협박하고 회유해도, 모르는 걸 대답할 수는 없으니까.

"좋은 생각이네요."

"이야기는 들었다. 그런데 우리는 성인은 구출하지 않는데."

"왜죠?"

"아무래도 빼내기 힘드니까."

"만일 빼낼 수 있는 방법을 지원해 준다고 해도요?"

"뭐, 장갑차라도 지원해 주겠다 이건가?"

"구할 수 있다면요."

"……."

흑인은 잠깐 침묵을 지켰다.

노형진의 말이 진심인지, 확신하지 못하는 모습이었다.

그럴 수밖에 없다.

장갑차를 공식적으로 구하지 못하는 것은 아니다. 그저 돈이 없을 뿐.

"농담이 아닌 것 같군."

헬륨을 쓰고 있음에도 불구하고 목소리가 진중해진 느낌이 들었다.

"구할 수만 있다면 뭐든 해 드리지요."

"조건은?"

"사전에 들으셨던 대로입니다. 우리가 지정하는 사람들에 대한 구출 작전."

"고민스럽군."

죽음의 천사들은 아이들에 대한 구출 작전만 시행한다.

하지만 이번에는 조건이 너무 후하다.

"함정 같은 느낌이 드는군."

"함정은 아닙니다. 그냥 돈 많은 부자의 돈지랄이라고 생각하세요. 증거도 보여 드렸으니까."

"그건 그렇지."

인터넷에서 팔리고 있는 한국인들.

그들을 구하는 것이다.

이미 증거로 해당 사이트를 보여 준 상황.

"돈 많은 놈들 중에도, 간혹 정의로운 놈은 있으니까."

"정의라……. 글쎄요. 정의로운 사람일 수도 있지만, 미친 놈일 수도 있지요. 안 그래요?"

흑인은 잠깐 침묵을 지켰다.

그러더니 이내 고개를 끄덕거렸다.

"미친놈들이야 많지."

"그렇지요. 차이는 그냥 미쳤느냐 아니면 곱게 미쳤느냐 일 뿐."

"우리는 곱게 미친 건가? 흐흐흐."

왠지 그 말에 소름이 돋는 노형진이었다.

"여러분들에게 드린 장비에 대해서는 저희가 뭐라고 하지 않겠습니다. 소유권을 주장하지도 않을 테고, 달라고 하지도 않을 겁니다. 추후 작전에서 그걸 사용하셔도 되고요."

"그거 참 반가운 말이군."

실제로 작전을 하는 입장에서, 사실 그들에게 제일 중요한 건 돈이었다.

'안 봐도 뻔하지.'

노형진이 회귀 전에 그들에 대해 들었을 때도 그랬다.

그들의 그러한 행동은 기본적으로 '자원봉사'다.

즉, 돈을 받지 않고 한다는 뜻이며, 그로 인한 피해 또한 본인들이 책임진다.

"몸뚱이야 어쩔 수 없다지만, 돈은 아니죠."

몸이야 자신이 어떻게든 잘 관리할 수 있다지만, 그들이 쓰는 모든 장비는 다 돈이다.

무기를 가지고 비행기를 탈 수 없으니, 현장에서 구해서 현장에 버리고 떠나야 한다.

그렇다 보니 무장에 한계가 있다.

그래서 그들이 쓰는 대부분의 무기는 총과 수류탄 정도에, 그들이 공격하는 대상보다 나은 거라고는 훈련받은 몸뚱이뿐이다.

"방탄복, 중화기, 유탄 발사기, 장갑차 등 구하고 싶은 대로 구하세요. 핵폭탄 같은 것만 아니라면 뭐든 사 드리지요, 후후후."

"미친놈이라더니, 정말 미친놈이 맞군."

흑인은 잠깐 침묵을 지켰다.

"설마 카드로 10년 할부하려는 건 아니겠지?"

"그럴 리가요. 깔끔하게 현금입니다. 추적 불가능한 현금이지요."

"현금이라……. 우리가 가지고 도망간다면?"

"그럴 분들이 아니라 믿습니다."

"흠."

흑인은 또다시 잠깐 침묵을 지켰다.

그리고 자리에서 일어났다.

"필요한 목록을 보내 주겠다. 일본을 통해 입국할 거고, 바로 중국으로 넘어가지."

"그들이 어디에 있는지는 아십니까?"

"알지."

노형진은 살짝 놀랐다.

하지만 이내 이해가 되었다.

'하긴, 인신매매범들이 시장에 좌판 깔아 놓고 장사할 리는 없지.'

그 말은, 저들도 나름의 정보 라인을 통해 정보를 얻는다는 소리다.

"어려운 작전은 아니겠더군."

"그래요?"

"남미 쪽 애들보다는 좀 덜 미쳤거든."

"덜 미쳐요?"

"모두가 총을 들고 다니지는 않는다는 거다."

"아아."

중국의 폭력 조직은 남미나 다른 국가에 비해 무장 정도가 빈약하다.

그럴 수밖에 없다.

그 규모가 어마어마하다 보니, 그들이 반란이라도 일으키면 중국은 난리가 난다.

사실상 삼합회가 무장하고 반란을 일으키면 내전으로 들어간다고 봐야 하기 때문에, 중국은 다른 건 모른 척해도 그들의 무장에 대해서는 상당히 예민하게 군다.

"그래요? 그러면 제가 훈수를 좀 둬도 될까요?"

"훈수?"

"네."

"작전에 관한 건가? 정보가 있다면 들어 주지."

"혹시 핵폭탄 하나 구할 만한 곳 있습니까?"

순간, 흑인은 노형진을 진짜 미친놈 보듯이 바라보았다.

⚖

"어때?"

일본에서 한국으로 돌아오는 비행기 안에서 남상진은 노형진에게 물었다.

"뭐가?"

"그 인간들 말이야."

"네가 다른 사람에게 관심을 가지는 경우도 있나?"

"그 무기를 구해야 하는 건 나니까. 비즈니스다."

노형진은 잠시 말없이 창밖을 내다보다 천천히 입을 열었다.

"좋게 말해서 죽음의 천사지."

"내가 모를까 봐?"

"아니, 넌 모른다. 그냥 미친놈들이야."

"뭐?"

노형진의 평가는 남상진이 전혀 예상하지 못한 것이었다.

자비를 들여서 운영하는 구조대다. 그런데 그들이 미친놈들이라니.

"한 명을 만났을 뿐이지만…… 글쎄……. 대부분이 그와 같다면 믿을 수 있는 자들이겠지만, 반대로 믿을 수 없는 자들도 있는 것 같더군."

"묘한 말이군."

"넌 죽음의 천사에 대해 뭘 아나?"

"나는 그들과 거래가 없었다. 이번이 처음이지."

이번 만남도 아는 브로커를 통해 이루어진 것이다.

당연히 남상진은 그들을 직접적으로 만나 본 적이 없다.

"너 말이야, 〈데스트〉라는 미드 본 적 있나?"

"〈데스트〉?"

"그래."

"처음 듣는군."

"미친놈에 대한 드라마야."

선천적인 사이코패스가 있었다.

그의 양아버지는 아들이 사이코패스라는 걸 알게 되고, 고민한다.

'사이코패스인 아들이 평범한 삶을 살아갈 수 있을까?' 하고.

물론 그건 불가능하다는 걸 양아버지는 잘 알았다.

그래서…….

"그는 아들에게 인간을 사냥하는 방법을 가르치지."

"미친놈이군. 아들을 위해서라는 건가?"

"아들을 위해서가 아니라, 세상을 위해서."

"세상?"

"그래. 인간 사냥법을 가르쳐 주는 대신에, 아들에게 거의 세뇌를 하지. 그 표적을 오로지 범죄자로 한정하도록."

"아…….."

그리고 성인이 된 그 아들, 그 사이코패스가 범죄자를 사냥하는 것.

그게 〈데스트〉라는 드라마의 주요 내용이었다.

"겉으로는 멀쩡해 보이는 사람이야. 사람들과 웃고 울고 떠들지. 슬픔을 나누고 고통을 분담하고. 하지만 그는 그 뒤에서, 범죄자들을 추적해."

범죄자를 추적하는 그와, 그를 잡으려는 정부 관계자의 추적, 거기에다 그를 돕는 피해자들까지.

복잡한 관계를 가진 드라마였다.

"비슷하더군."

"비슷해?"

"생각해 보면 당연한 거야. 제정신인 사람이 자기 목숨을 걸고 남을 돕는다는 건 쉬운 일이 아니지."

더군다나 그에 필요한 돈까지 모두 자기가 들여서 한다는 것은, 사실상 불가능에 가까운 일이다.

"누군지 모르지만, 그들을 선택한 거야."

그들은 태생적으로 사람을 죽일 수밖에 없다.

무협으로 보면 천살성이 그들이다.

즉, 누군가를 죽이는 선택 말고는 아무것도 할 수가 없는 부류인 것이다.

"그들을 무기 삼은 거지."

"으음……."

"누군지 모르지만 나랑 비슷한 생각을 한 것 같더군."

"너랑 비슷한 생각?"

"말하지 않았나? 새론의 경호 팀은 기본적으로 소시오패스로 이루어져 있어."

"이런 미친놈."

"너도 마찬가지 같은데."

"흥."

이것이법이다

소시오패스.

그들은 성격적인 면에서 사이코패스와 비슷해 보인다.

하지만 그들은 목적을 이루기 위해서라면 살인조차 가볍게 생각한다는 점에서, 충동적이고 감각을 추구하는 성향이 강해 살인을 쉽게 저지르는 사이코패스와는 다르다고 할 수 있다.

"그런 그들을 통제하면서 관리하려고 만든 게 새론의 경호팀이다. 사실 그들의 성격상 그러한 업무가 맞기도 하고. 하지만 나라고 해도, 사이코패스는 방법이 없었지."

경호 팀 같은 소시오패스들은 목적에 맞게 움직이는 사람들인 만큼, 적당한 목적만 부여한다면 이유 없는 살인은 피할 수 있다.

하지만 사이코패스는, 그것도 중증의 사이코패스는 최종 목적이 오로지 살인이다.

경중이라면 남을 짓밟는 정도로도 즐거움을 느끼겠지만, 중증은 그걸로는 만족하지 못한다.

"하지만 이러면 이야기가 달라지지."

죽일 수밖에 없는 자들.

그리고 싸우다 보면 살인을 할 수밖에 없는 직업.

이보다 더 완벽하게 어울리는 매치가 있을까?

"누군지 모르지만, 이 단체를 만든 놈은 미친놈이야."

그리고 그곳에서 일하는 놈들도 미친놈이고 말이다.

'하지만 쓸 만하긴 하지.'

실제로 실적이 있다.

수많은 아이들을 구해 냈고, 수많은 범죄자들을 죽였다.

사실 사이코패스가 아니라는 점에서, 그 아이들을 납치하고 팔아먹거나 살해하려고 했던 자들이 더 악질이다.

사이코패스는 정신적인 장애 요소가 있어서 그러는 거지만 그들은 본인들이 선택한 거니까.

"마치 딱 들어맞는 부품 같다고 할까?"

"미쳤군."

"원래 세상은 미쳐 돌아가지 않나. 거기에다 사이코패스들은 완벽주의자 타입이 많거든."

범죄자들은 군대에 써먹을 수가 없다.

왜냐하면 군대는 부대가 통제되어야 살아남는데, 이들은 협동이 안 돼서 전략적인 방법이 먹히지 않기 때문이다.

"하지만 이런 소수 정예는 그러한 부분보다는 완벽성이 더 중요하지."

"흠."

그리고 사이코패스는 완벽주의자 성향이 있다.

"정말 딱 맞는 느낌이야."

느긋하게 의자에 등을 대며, 노형진은 보이지 않는 그들의 리더에게 찬사를 보냈다. 그도 세상을 청소하기 위해 더러운 짓을 마다하지 않지만…….

'그 미친놈은 더하군.'

물론 그가 누군지 알 수는 없다.

알 필요도 없고, 알아서도 안 된다.

"그들이 필요한 걸 요구하겠다고 하던데."

"그래, 이미 목록은 받았다. 미쳤더군."

세 대의 트럭, 서른 개의 총기류와 같은 수의 권총, 네 자루의 기관총, 수만 발의 탄약, 수십 개의 수류탄.

심지어 유탄 발사기도 두 개나 포함되어 있었다.

그리고 백여 벌의 중방탄복.

"전쟁이라도 하겠다는 것 같더군. 이 정도 무장은 너무 과한 것 아닌가? 이 정도 양이면 한국군 기준으로는 기계화보병이 아닌 이상 연대급이라고 해도 못 이겨."

상대방은 중국의 폭력 조직이다.

그들이 주로 상대하던 남미 조직과 다르게, 이 정도로 무장이 과할 필요는 없다.

"나중에 더 써먹으려고 하나 보지."

"나중에?"

"내가 탈출에 쓸 배를 대 주기로 했거든."

"허."

배가 있다면 충분히 장비를 가지고 갈 수 있고, 그 장비가 있으면 다른 곳에서도 안전하게 작전을 할 수 있다.

"네놈은 대체 뭐냐?"

노형진이 미다스라는 걸 모르는 남상진은 미심쩍은 얼굴로 그를 바라보았다.

"그냥, 돈 많은 미친놈."

"미친…… 아니, 미친 거 맞군."

남상진은 자기 스스로 미친놈이라고 하는 노형진을 묘한 눈빛으로 바라보았다.

"그래서 말인데."

"응?"

"내가 더 미친 짓을 해 볼까 하는데, 더 구해 줄 수 있나?"

"더 구해 달라고?"

"그래. 총이랑 수류탄을 좀 구했으면 하는데."

"얼마나?"

"흠…… 한 백 개?"

"너 지금 중국 정부랑 전쟁이라도 하겠다는 거냐?"

노형진은 고개를 흔들었다.

"전쟁은 내가 아니라 다른 놈들이 하겠지."

"뭐?"

"사실은 아쉬운 게 있는데."

"아쉬운 거?"

"핵폭탄 하나 구할 수 있을까 했는데 없다고 하더군. 뭐, 이가 없으면 잇몸이라고 했지. 혹시 생화학 가스를 구할 곳 없나?"

순간, 남상진은 진심으로 이 미친놈을 신고해야 하나 하는 심각한 고민에 빠졌다.

⚖

"자네가 그런 작전을 짰다고 하니 말리지는 않겠네만⋯⋯."

송정한은 왠지 탐탁지 않은 표정이었다.

"그런 미친놈들에게 무기를 쥐여 주는 건 좀⋯⋯."

"그런다고 해서 달라지는 건 없습니다."

"하긴, 그렇기는 하지."

애초에 그들이 살인하려고 한다면 못 할 것이 없다.

당장 미국이 총기 소지 자유국이다.

한 해에도 수십 번씩 총기를 이용한 대량 살인이 일어나는 나라에서, 총기를 안 준다고 해서 살인이 나지 않을 리 없다.

이번 일은 회사와는 아무런 관련이 없다.

그래서 노형진은 오로지 혼자 일해야 했다.

손채림이 도와준다고 했지만, 노형진은 그녀의 도움도 거절했다.

그럴 수밖에 없다. 이건 이만저만 큰일이 아니니까.

"수십 건의 살인이 될 수도 있는 일이니까."

좋게 말해서 데리고 올 수 있으면 좋겠지만, 이들이 찾아가서 '한국인을 돌려주십시오.'라고 한들 그들이 돌려보내 줄

가능성은 제로다.

결국 피를 봐야 한다.

"무슨 생각을 하나?"

골똘히 생각에 잠겨 있는 노형진을 남상진이 무심하게 불렀다.

"그냥, 일상생활."

"이 상황에 일상생활 운운하다니. 확실히 네놈은 제정신이 아니야."

"뭐, 그럴지도."

노형진은 머리를 긁적였다.

회귀 전이었다면, 과연 이런 선택을 했을까?

모를 일이다.

하지만 수십 명, 많게는 수백 명이 죽을 작전을 의뢰하는데도 그다지 거리낌이 없었다.

"준비는 어때?"

"일단 무기는 확보했다. 적당한 트럭도 구해 놨고."

중국. 그곳에서 남상진은 자신의 핸드폰을 보면서 중얼거렸다.

"준비는 다 끝났다. 네놈 덕분에 러시아 쪽 애들이 돈 좀 만지는군."

"너도 적잖이 만졌을 텐데?"

"우리 인연을 생각해서 염가 할인 좀 했다."

"입에 침이나 바르시지."

그들의 인연은 악연에서 시작되었다.

염가 할인이 아니라 바가지를 씌운다고 해도 이상할 게 없는 사이다.

"하여간 준비는 다 되었으니 기다리는 일만 남았군. 그런데 총이야 그렇다 치고, 유탄 발사기는 어디서 구한 거야?"

유탄 발사기.

그거야 요즘 현대전에서 많이 쓰이는 건 알고 있지만, 남상진이 가지고 온 건 러시아제나 미국제가 아닌 한국의 K4 유탄 발사기였다.

"뭐, 애국해야지."

"애국이라니? 이걸로?"

"국산을 팔아 줘야 하지 않겠나?"

노형진은 유탄 발사기와 남상진을 번갈아 바라보았다.

"그런 눈으로 보지 말라고. 사람들이 몰라서 그러는 거지, K4도 한국의 수출 품목 중 하나야."

"그랬나?"

"그래."

"아무리 그래도 그렇지, 이거 그들이 쓸 줄은 알려나?"

"어려운 건 아니니까."

기본적으로 한국의 K4 유탄 발사기는 미국의 MK 19 유탄 발사기를 역설계하여 만들어진 물건이었다.

당연히 사용법이 비슷할 수밖에 없었다.

"이런 게 암시장에서 돌아다닌다니."

"한국도 당당하게 세계 무기 시장의 큰손이라고."

"그런 건 자랑스러워하지 말아 줬으면 좋겠군."

노형진에게는 남상진의 말이 너무 씁쓸하게 들렸다.

사는 세계가 다른 만큼, 서로가 서로를 이해하기는 힘드리라.

그리고 노형진이 그를 이해하지 못하는 만큼, 남상진도 이해하지 못하는 것이 있었다.

"도대체 이건 왜 구한 건가? 미친 짓이긴 하지만 정말 핵폭탄도 살 수는 있는데. 아니면 생화학 가스 정도야, 뭐. 그런데 재료를 구하다 말다니?"

"내가 너같이 뻔뻔한 놈인 줄 아냐?"

"그거랑 상관없이, 이런 걸로 중국에 겁줄 수 있을 거라 생각하나? 참 순진하군."

노형진이 남상진에게 요구한 것은 다름 아닌 화학무기를 만드는 재료.

정확하게는, 그중에서 아주 흔하게 구할 수 있고 아무런 위험도 없는 재료들이었다.

말이 거창하게 화학무기 재료라고 표현했지만, 사실 동네 화공 약품점에 가서도 살 수 있는 재료들이었다.

"무서운 소리 마라. 사린 가스가 그렇게 쉽게 구해지는 물건이냐?"

노형진이 부르르 떨면서 말했다.

남상진이 피식 웃었다.

"사린 가스는 제조가 쉬운 가스야. 일개 사이비 종교가 사용할 만큼 말이지. 그러니 사실 구하려고 하면 가장 쉬운 화학탄 중 하나지."

"미친."

"차라리 이 재료를 사 모을 돈으로 사린 가스를 사는 게 더 쌀 거다."

"돈의 문제가 아니야. 내가 하려는 건 중국을 쥐고 흔드는 거지, 진짜 테러가 아니라고."

"쪼잔한 놈."

"쪼잔한 게 아니라 정상적인 거다, 이 미친 새끼야. 나보고 미친놈이라고 하더니 이놈이 진짜 미친놈이네. 정말 사린 가스를 쓰면 피해가 얼마나 생기는지 알아?"

"쓰이지는 않는다면서?"

"대신에 중국군 창고로 고스란히 들어가겠지."

"걔들이 가스를 무슨 소독약 한 통쯤 가지고 있는 줄 알아? 수백 톤 단위로 가지고 있다고. 그런 거 하나 더 들어가 봐야 의미가 없어."

"의미가 중요한 게 아니라, 가스를 만들었다는 게 중요한 거다."

노형진은 그렇게 말하면서, 가지고 온 재료가 담겨 있는 금속으로 된 상자를 바라보았다.

　그 안에는 남상진에게 부탁해서 가지고 온 재료가 들어 있었다.

　"진짜로 이 안에 가스를 만들어 넣은 건 아니겠지?"

　"네가 몇 번이나 요구하지 않았나? 진짜 가스는 안 된다고. 다 그냥 흔한 약품들이다. 구하는 것도 어렵지 않고, 필수적인 재료는 없다. 그 약 자체들로만 보면 무해한 것들뿐이야."

　"딱 좋네."

　노형진은 고개를 끄덕거렸다.

　자신의 계획을 위해서는 상대방에게 겁을 줘야 한다.

　하지만 그랬다가 상대가 무리하게 무슨 짓이라도 하면, 자신이 커버할 수 없을 정도로 일이 커진다.

　자신이 원하는 것은 딱 상대방이 겁을 먹을 정도.

　그런 노형진을 보면서 남상진은 코웃음을 치며 말했다.

　"네가 모를 뿐이지, 전 세계에서 화학탄이 얼마나 많이 사용되는지 아나? 애초에 군대에서 쓰는 CS탄도 엄밀하게 말하면 화학탄이야."

　다만 퍼져도 몇만 명이 죽을 정도로 많이 사용되지는 않을 뿐이다.

　"반군 소탕한다고 일대에 가스 뿌리는 놈들은 넘쳐 난다고."

"그건 그놈들이 미친 거고. 난 진짜 무기를 만들고 싶은 생각은 없다. 난 변호사지, 학살자나 브로커가 아니야."

"웃기는군. 고작 이걸 가지고 중국을 뒤흔든다고? 무슨 수로?"

사린 가스는 과거 나치가 유태인을 대량으로 죽이기 위해 개발한 가스다.

무색무취에 효과도 빠르다. 그리고 만들기도 쉽다.

하지만 지금 이 상자에 들어가 있는 것은 가스가 아닌 흔한 재료다.

물에 청산가리를 넣어서 먹으면 100% 죽는다. 그러나 물 자체에 겁먹는 사람은 없다.

"무서운 건 저게 아니야."

노형진은 품에서 종이 한 장을 스윽 꺼냈다.

어떠한 흔적도 남지 않게 만들어졌고, 누구도 추적할 수 없는 종이다.

"이 종이가 무서운 거지."

"허? 이제 제대로 미쳤군."

노형진은 대답하는 대신에 슬쩍 웃고는 상자를 열어서 그걸 넣고는 다시 닫았다.

"우리가 할 수 있는 건 다 했다. 이제 남은 건 그들이 오는 것뿐이야. 올까?"

"오겠지."

오지 않는다면 다른 방법을 찾아야 한다.

물론 방법이 없는 건 아니다. 하지만…….

"편하게 갈 수 있으면 좋겠군."

지는 해를 보면서, 노형진은 살짝 눈을 찡그렸다.

노형진의 예상대로 그들은 정해진 시간에 정해진 장소에 도착했다.

하나같이 방독면을 쓰고 나타난 그들은 무기를 보더니 고개를 끄덕거렸다.

"좋군."

"원하는 물건으로 원하는 수량만큼 준비했습니다."

물건들을 확인시켜 주며 남상진이 말했다.

"유탄 발사기라……."

그걸 받아 든 남자는 히죽하고 웃음을 보였다.

소총 같은 것은 자비로도 충분히 구할 수 있는 물건이다. 소총탄도 쉽게 구할 수 있고.

그러나 유탄 발사기는 이야기가 다르다.

이 정도면 어지간한 부대는 작살내고도 남는다.

"쉬운 일이 더 쉬워지겠군."

백인 남자는 방독면을 쓴 채로 고개를 끄덕거렸다.

"하지만 제가 부탁한 대로 하셔야 합니다."

"그건 어려운 일은 아니지. 그놈들이야 별 시답잖은 놈들이니까."

그는 대수롭지 않은 듯 평이하게 대꾸했다.

자신들이 할 일은 결코 어려운 것이 아니었다. 이미 그들에 대한 조사는 마쳤다.

"그들에 대해 아는 겁니까?"

"알지. 중국에 있는 삼합회 중 한 분파에 속한 녀석들이야. 중심에 들어간 놈도 아니고."

"그래요?"

"애초에 인신매매를 하는 놈들 중에 중심까지 가는 놈은 없어. 그저 그런 놈들이나 하지. 계층으로 보면, 같은 범죄자이지만 최하위 계층이 인신매매범이다."

그 노력이면 돈을 벌 수 있는 기회는 많다.

같은 노력으로 귀금속 밀수를 하면 몇 배의 수익을 내고, 마약 같은 것은 수십 배의 수익을 낸다.

"인신매매는 생각보다 돈이 안 돼."

다만 완전 무자본으로 시작할 수 있다는 점 때문에 막장인 작은 곳에서 하는 경우가 많은 것뿐이다.

"제대로 된 녀석들이라면 인신매매가 아니라 납치, 협박을 선택하지."

적절한 대상을 골라 적절한 금액을 요구하면, 부모는 경찰에 신고하기보다는 그냥 돈을 주고 마는 경우가 대부분이니까.

"생각지도 못했네요."

인터넷으로 당당하게 인신매매를 하기에 제법 큰 조직인 줄 알았건만.

"상대적인 거다."

철컥하고 총의 상태를 확인한 백인은 흡족한 듯 탄창을 끼워 넣었다.

새로 얻은 총이니만큼 영점사격을 해서 자신에게 맞게 조준점을 만들어 놔야 하기 때문이다.

"우리가 주로 상대하던 건 무지막지한 놈들이지. 그들은 그 규모가 그다지 크지 않아. 물론 숫자야 많지. 하지만 난 총 든 한 놈과 싸우느니 총 들지 않은 열 놈과 싸우겠다."

그들도 규모가 작은 건 아니지만 무장 상태는 그다지 좋지 않다는 뜻이다.

"사실 이 정도면 과분하다 못해 넘치는 화력이지."

"압니다. 그래서 그런 부탁을 한 거고요."

"무슨 뜻인지 안다. 우리도 우리 뒤에 꼬리가 붙는 것이 그다지 반갑지는 않고."

남자는 고개를 끄덕거렸다.

그러는 사이 뒤쪽에서는 이미 표적지를 붙이고 영점사격을 하고 있었다.

"하지만 그 이후의 일은 너희 몫이야. 우리가 해 줄 수 있는 건 다 해 주겠지만."

"압니다. 사람들만 확실하게 빼 주세요."

"그래. 그런데 웃기는군."

"무슨 말씀이지요?"

"돈이 썩어 넘치는 인간이 원하는 것치고는 이상한 요구 아닌가? 사람을 구하면 풀어 주지 말고 데리고 있으라니."

확실히 이상한 부탁이다.

더군다나 한국에는 그들을 기다리는 수많은 사람들이 있는데 말이다.

하지만 노형진도 그들과 마찬가지였다.

"그들에게는 미안하지만, 저 역시 저한테 파리가 엉기는 것은 사절이거든요."

"뭐, 난 아무래도 상관없다."

남자는 철컥철컥 총을 점검하면서 고개를 끄덕거렸다.

"네가 쓴 작전이 쓸 만하다면. 우리도 배워야 할지도 모르 겠군."

"마음대로."

노형진은 히죽 웃으면서 뒤로 물러났다.

이제 지금부터 벌어질 일은 그들의 책임이다.

물론 노형진이 할 수 있는 일이 없는 것은 아니다.

그 또한 자신의 힘을 이용할 시점이었다.

"어디 두고 보자고, 후후후."

⚖️

컴컴한 밤.

숲속에서는 아무런 소리도 들리지 않았다.

초소에서 경비를 서던 경비원들은 자신들에게 달라붙는 귀찮은 모기를 손으로 내쫓으면서 짜증을 부렸다.

"망할. 왜 이런 산속에 이런 걸 두는 거예요?"

"도심 한복판에 감옥을 둘 수는 없잖아."

"다른 놈들이 잘도 신고하겠네요."

중국은 남이 길바닥에서 죽어도 신경 쓰지 않는 문화로 유명하다.

길거리 한복판에서 여자가 강간당하고 살해당하는데도, 사람들은 구경하거나 촬영하기만 할 정도다.

실제로 어떤 깡패들이 여자 버스 운전기사를 강간하는 동안 수십 명의 승객들은 그걸 구경만 했다.

범인은 고작 세 명인 반면, 버스 안에는 수십 명의 남자들이 있었는데도 말이다.

심지어 그녀가 힘겹게 그들의 손아귀에서 벗어나서 돌아왔을 때 그들이 한 말은, 괜찮냐는 게 아니라 늦었으니까 어서 가자는 것이었다.

결국 여자 버스 운전기사는 그대로 버스를 절벽으로 몰았고, 그들의 방치는 본인들의 죽음을 불러왔다.

"혹시 모르는 거야. 그리고 이런 걸 관리하려면 공안에 돈을 얼마나 많이 줘야 하는지 알아?"

"그건 그렇겠네요."

"거기에다가 우리가 데리고 있는 놈들이 한두 명이야?"

남자는 고개를 돌려서 나무로 만들어진 숙소를 바라보았다.

"깜둥이부터 흰둥이까지 가지가지인데, 혹시라도 새어 나가면 곤란한 건 우리야. 이런 곳에서는 나가도 어차피 죽으니까."

"죄송합니다, 형님. 제가 잘 몰라서……."

"알았으면 된 거야, 인마."

형님이라 불린 남자는 자신의 목에 주둥이를 꽂는 모기를 짝 소리 나게 때려잡으며 짜증스럽게 담배를 물었다.

"그렇다고 해도 이런 초소에서 밤을 보내는 건 역시 짜증 나는군. 이런 촌구석에 누가 온다고."

그들이 그렇게 불만을 드러내고 있을 때, 그 '촌구석에 온 손님들'은 그곳을 조용히 포위하고 있었다.

"멍청하군."

누군가 작게 중얼거렸다.

경비원이 밤중에 담배를 피운다는 것은 나 여기에 있으니 죽여 달라는 소리나 마찬가지.

"그렇다면 죽여 줘야지."

작은 소리가 '픽픽' 하고 울려 퍼지자 담뱃불은 허공에서

스러졌다.

그리고 어둠 속에서 일단의 사람들이 천천히 모습을 드러 냈다.

"무장은 충분하지?"

"충분합니다."

"조용히 들어가라. 최대한 교전은 피한다."

교전을 상정하고 작전을 짜기는 했다.

하지만 그렇다고 해서 굳이 싸울 필요도 없는데 남의 목을 따겠다고 덤비지는 않는다.

"무브, 무브."

조용한 어둠을 친구 삼아, 수용소처럼 보이는 곳을 천천히 에워싸는 사람들.

그 안에서는 온갖 난장판이 벌어지고 있었다.

"으어, 취한다."

술에 취한 한 명이 비틀거리면서 숙소에서 나와 화장실로 향했다.

"아, 더럽게 머네. 이러다 바지에 싸겠…… 끄어어억!"

그는 다급하게 화장실로 가다가 부르르 떨었다.

바지로 똥이 쏟아져 내렸지만, 그게 중요한 게 아니었다.

그의 눈은 이미 생기를 잃어 가고 있었으니까.

몇몇 경비원이 있기는 했지만 대부분은 제대로 저항도 못 하고 쓰러졌고, 숙소에서 잠을 자거나 술판에 빠져 있던 인간들은 다행히(?) 목숨을 부지했다.

그리고 현장에 도착한 구조대는 시계를 확인했다.

"약속된 시간이 된 것 같군."

"어서 움직이지요."

"들어가자."

그들은 안으로 조용히 들어갔다.

입구를 지키는 사람들이 있기는 했지만 이미 멀리서 날아온 화살 두 발에 저세상 사람들이 된 지 오래.

"왓 더……."

문이 열리고 강렬한 플래시가 비춰지자 안쪽에 있던 사람들은 깜짝 놀라서 구석으로 모여들었다.

특히 여자들은 완전히 공포에 질려서 벌벌 떨었다.

밤중에 플래시를 든 남자들이 들어온 후에 벌어질 일은 너무나 뻔했으니까.

하지만 오늘은 평소와 달랐다.

"쉿, 조용하세요. 여러분들을 구하러 왔습니다."

"우릴 구하러 왔다고요?"

"네."

몇몇 사람들이 절로 터져 나오려는 비명을 막으려고 입을 손으로 틀어막고 오열했다.

여기서 나갈 수 있다는 작은 희망이 보였다.

"조용히 따라오세요."

남자들은 그들을 데리고 조용히 그곳을 나왔다.

사람들은 혹시라도 무슨 소리라도 날까 봐 바짝 얼어붙어서 바깥으로 조심스럽게 나갔다.

이미 나갈 길은 미리 만들어 놨기 때문에 나가는 것은 어렵지 않았다.

"대장, 손맛이 부족해."

누군가 멀어져 가는 사람들을 보면서 툴툴거렸다.

그는 군인이었다.

하지만 사람들의 비명, 전장에서의 긴장감을 잊지 못하고 돌아온 타입이었다.

"싸움은 이제부터인데, 뭘."

대장은 먼저 탄창을 확인했다.

사실 일반적인 작전은 사람들을 데리고 조용히 그곳을 탈출하는 것이었다.

하지만 어린아이 하나 데리고 탈출하는 것과 여기에 있는 사람들을 모조리 데리고 탈출하는 것은 전혀 다른 문제다.

전자는 어렵지 않지만 후자는 사실 불가능에 가깝다.

누군가 나왔다가 시체라도 보는 순간 그때부터는 총격전이 시작되는 데다, 총은 사람을 봐 가면서 맞히는 게 아니니까.

'그 인간, 확실히 머리가 좋아.'

그런데 자신들을 후원해 준 남자는 생각지도 못한 방식을 그들에게 제안했다.

자신들이 피하던 사람들을 '이용'하자고.

"물건은?"

"가져다 놨습니다."

"좋아."

고개를 끄덕거린 그는 사람들을 이끌고 조용히 미리 정해 둔 장소로 갔다.

⚖️

며칠 전. 노형진은 중국의 한 장교를 만났다.

"그게 무슨 말입니까?"

눈초리가 파르르 떨리는 장교.

그는 중국 인민 해방군에서 상당한 자리에 있는 자였다.

그런 그를 만나는 것은 일반적인 경우는 상당히 힘들다.

하지만 언제나 방법은 있는 법.

공식적으로는 힘들지만, 노형진에게는 '얼나이'가 있었다.

'그들은 비공식적인 라인이지.'

'얼나이'라 불리는 중국인들의 첩 문화를 잘 알고 있었던 노형진은 그쪽과 선을 만들어 놨다.

그래서 얼나이를 통해 핵심 인물과 접촉하는 것은 어려운 일이 아니었다.

도리어 진짜 가족들을 통해 만나는 것은 불가능할 테지만,

얼나이라는 존재는 그들에게도 감추고 싶은 비밀 중 하나라 그쪽을 통하면 자리를 피하지도 못하는 것이다.

"지금 중국에 화학탄이 들어왔다고요?"

"네."

"아니, 그게 무슨 말도 안 되는……."

"그래서 문제가 된다는 겁니다."

노형진은 심각한 얼굴로 말했다.

"저희가 어떤 사건을 추적하다가 얻은 정보입니다. 그들은 100여 정의 AK 소총을 구입한 기록이 있습니다."

폭력 조직이 소총을 구입했다는 기록.

그건 상당히 심각한 문제였다.

한국이 총기라면 치를 떠는 수준이라면, 중국은 공포에 떠는 수준이다.

그럴 수밖에 없는 게, 중국은 무력을 통해 여러 개의 국가를 하나로 묶어 둔 형태나 다름없기 때문이다.

위구르와 티베트 등, 독립하고 싶어 하지만 무력이 달려 하지 못하는 나라들이 많다.

그런 그들이 무장하기 시작하면 아마 중국은 내전과 테러로 몸살을 앓게 될 것이다.

"그런데 왜 그걸 나한테……?"

노형진은 씩 웃었다.

얼나이가 있다는 것. 그건 그가 깨끗한 장성이 아니라는 뜻이다.

"장군님께서 성공하셔서 저희를 도와주셨으면 합니다."

"도와 달라?"

"저희가 이걸 중국 정부에 알려 봐야 무슨 혜택이 있을까요?"

"으음……."

적당한 공치사, 잘해 봐야 감사패 하나 정도다.

왜냐하면 노형진은 명백하게 타 국적의 사람이니까.

도리어 문제가 될 수도 있다.

아무리 사건을 해결하는 중에 알았다고 해도, 군수물자의 유통에 대해 알았다는 것은 한국 정부 입장에서도 곤혹스러운 문제니까.

"그래서?"

"하지만 장군님이 노력하시면, 장군님은 더 높은 곳을 바라볼 수 있지요."

군수품으로 무장한 일단의 세력.

적당한 핑계를 댄다면, 그들을 일단의 반란군으로 몰아가는 것은 어렵지 않다.

그리고 그걸 소탕한 것은 중국 정부의 입장에서는 어마어마한 공훈이다.

말 그대로 그의 앞에 비단길이 펼쳐지는 셈이다.

"내가 싫다 하면?"

"이 정보는 다른 장성께 가게 되겠지요."

노형진 입장에서야 손해 볼 게 없다.

그런 사실을 알려 줬지만, 누가 어떤 식으로 어디에 있는지는 아직 이야기하지 않았으니까.

노형진은 품에서 봉투를 슬쩍 내보였다.

"그리고 이건 그 노력에 대한 사소한 보답이라고나 할까요?"

사실 노력이라고 할 만한 건 단 하나도 없었다.

그러나 그 노력의 혜택을 밀어주는 것은, 약속된 것이라는 일종의 증명.

"하오! 대국인으로서 서로 돕고 살아야지."

장성은 웃으며 봉투를 받아서 품에 넣었다.

적지 않은 돈일 테지만, 더 궁금한 것은 그 총을 가지고 있다는 놈들의 정체였다.

"그들은 삼합회의 지부 중 하나입니다. 사실 지부라고 하기에도 애매하죠. 계파의 끄트머리에 있다고 하더군요."

"그런 거라면 신경 쓰지 말게나."

삼합회도 무장에 대해서는 상당히 두려워한다.

물론 삼합회에 총이 없다는 건 아니다. 분명 총은 있다.

그러나 그게 드러나면 중국의 인민 해방군과 대대적인 전면전을 해야 한다.

그래서 최악의 순간이 아니면 칼이나 도끼, 창, 심지어 청룡언월도 같은 냉병기는 써도 총은 드러내지 않는다.

"그들은……."

노형진은 그에게 표적에 대해 자세하게 설명해 줬다.

그러자 그는 금세 얼굴을 붉혔다.

"그런 나쁜 놈들이 있다니! 내가 기필코 그들을 소탕하겠네."

장성의 호언장담을 들으며, 노형진은 빙긋 미소를 지었다.

🜨

다시 현재.

일단의 인민 해방군 병력이 산을 타고 있었다.

한국에서는 정해진 작전이 아니고서야 장교가 임의로 병력을 운영하는 것이 허가되지 않는다.

두 번이나 쿠데타를 겪었기 때문에 그런 문제에 대해서는 심각할 정도로 꼬장꼬장하다.

하지만 중국은 지휘관의 힘이 강하다.

특히 장군쯤 되면, 긴급을 요한다는 이유로 어느 정도의 병력을 동원할 수 있다.

어떤 장군이 자신을 건드린 조폭들을 처단하기 위해 특공대를 움직인 적도 있을 정도였다.

한국 같으면 파면이겠지만, 그는 도리어 권력의 핵심으로 올라서기도 했다.

"어서 움직여!"

물론 그들은 이번 일을 그다지 무겁게 받아들이지는 않고 있지만 말이다.

"고작 깡패 몇 명 처리하는 데 2개 중대나 갈 이유가 있나요?"

"무장하고 있을 수도 있다잖아."

"무장은 무슨. 기껏해야 청룡언월도라도 들고 있겠지요."

"그러고 보니 그런 뉴스도 나왔잖아? 혹시 알아, 관운장이 빙의해서 우리를 일도양단할지?"

얼마 전에 잡힌 폭력 조직의 창고에서 청룡언월도가 나왔다는 사실이 기억났는지 다들 키득거렸다.

"입 좀 닥쳐. 지금 작전 중이야."

"고작 깡패들을 상대로 무슨 작전입니까?"

산속에 숨어서 뭔 짓을 할지 모르지만 그들이 가진 무장이라고 해 봐야 권총 수준일 거라는 생각에, 다들 대수롭지 않게 여기고 있었다.

그들이 어느 정도 정해진 위치에 도착했을 때였다.

"조금만 더 가면 도착이다. 그때까지 방심하지 말고."

방심하지 말라면서도 선두에서 떠들어 대는 소대장.

그도 산속의 무리가 무장하고 있다는 말을 믿지 않고 있던 것이다.

"가면 일단 개 패듯이 패고 제압한 후에……."

그 순간 '퍽' 소리와 함께 그의 몸이 핑그르르 돌았다.

그리고 바로 뒤따라오듯이 '탕!' 하는 소리가 주변에 울려 퍼졌다.

"어?"

상황을 이해하지 못한 자들이 당혹하는 순간, 또 다른 총성이 들렸다.

탕탕!

"적이다!"

"습격이다!"

인민 해방군은 다급하게 몸을 감췄다.

투타타타!

그와 동시에 쏟아지는 총소리.

"뭐야!"

"반격해!"

생각지도 못한 공격에 군인들은 반격하기 시작했다.

그걸 확인한 구출 팀은 싱긋하고 미소를 지었다.

"이대로 탈출한다."

"아, 아쉽다."

투덜거리면서 그들은 탈출했다.

이윽고 총소리가 멈추자, 사방에서 비명이 터져 나왔다.

"으아아악!"

어깨를 맞은 소대장을 필두로, 총에 맞은 자들이 미친 듯이 비명을 질러 댔다.

"중대장님!"

"전원, 돌격해!"

중대장은 눈이 돌아갔다.

고작 폭력배들이, 무장을 하고 총을 쐈다.

물론 총소리는 그다지 많지 않았다. 잘해 봐야 세 명 정도일까?

하지만 그 세 명 때문에 소대장 한 명이 어깨에 총알을 맞았고 다른 두 명은 각각 팔과 다리에 맞았다.

그리고 어째서인지 총소리는 멈췄다.

이유는 알 수 없었다.

하지만 한 가지는 확실하다.

지금이 바로 바로 기회라는 것.

"모조리 죽여 버려!"

"우와아아!"

상대방이 계속 총을 쏴 댄다면 모를까, 조용해졌다면 쳐들어가는 데 문제 될 게 없다.

"뭐야!"

그리고 총소리와 비명에 다급하게 튀어나온 조직폭력배는 주변을 두리번거렸다.

"뭐야?"

"습격이다!"

"어떤 새끼들이야!"

그들이 정신을 차리기도 전에 입구에서 군인들이 들이닥

쳤다.

"너희들 누구…… 크아악!"

투타타타 하는 총소리와 함께 선두에 서 있던 남자의 사지가 마구 뒤흔들리며 튕기더니 그대로 바닥에 나자빠졌다.

"으헉!"

"군인이다!"

"도망쳐!"

타타탕!

하지만 도망갈 수 있는 상황이 아니었다.

군인들의 숫자가 훨씬 많은 데다, 혹시나 상품이 도망갈까 봐 주변에 파 놓은 함정 탓에 그들 역시 자유롭지 못했던 것이다.

"살려 줘!"

타타탕!

"죽어!"

여기저기서 총소리가 울려 퍼지더니, 성급하게 저항하려고 하던 자들이 말 그대로 벌집이 되어서 바닥에 쓰러졌다.

"살려 주세요! 항복, 항복!"

당연히 살기 위해 손 들고 항복하는 자들도 있었지만, 그들에게 날아온 것은 개머리판과 군홧발이었다.

퍼억!

"크억!"

"이런 쌍놈의 새끼!"

난데없는 총격에 눈깔이 뒤집어진 병사들은 그들을 말 그대로 개 패듯이 패기 시작했다.

항복한 포로의 인권 따위는 없었다.

아니, 애초에 이들은 범죄자이지 포로도 아니었다.

"중대장님."

중대장은 그런 부하들을 말리지 않았다.

만일 소대장이 아니라 자신이 선두에 섰으면 총을 맞은 건 자신이었을 것이기 때문이다.

"찾았나?"

"그렇습니다. 세 놈이었는데, 두 놈은 탄창이 비어 있고 한 놈은 총에 잼이 걸려 있었습니다."

"그래서 공격을 멈춘 거군."

"그런 것 같습니다."

일반적으로 초병들은 여분의 총알을 가지고 있다.

하지만 이런 곳을 지키는 폭력배들은 총에 끼워 놓은 탄창의 탄이 전부였던 것이다.

그러니 몇 발 쏘지도 못하고 탄이 떨어지자 제대로 저항도 하지 못하고 총에 맞아서 죽은 듯했다.

물론 그건 다 조작된 것이었다.

구출 팀이 미리 기다리고 있다가 총을 쏘고 그 총을 시체 옆에 두고 간 것뿐이다.

"이런 개새끼들!"

"죽이지만 마라."

개 패듯이 패는 군인들과, 저항도 하지 못하고 얻어맞으며 발악하는 자들.

그들을 물끄러미 보는 사이, 살아남은 소대장 한 명이 다가왔다.

"중대장님."

"찾았나?"

"네. 그런데 이걸 좀 보셔야겠습니다."

"뭐기에?"

무기를 찾았다면 자신도 봐야 한다.

그런데 소대장의 얼굴은 사뭇 무거웠다.

"이 안쪽입니다."

그들이 간 곳은 다름 아닌 중국 깡패들이 상품, 즉 사람들을 가둬 두던 곳이었다.

그리고 그곳에는 계획대로 구출 팀이 두고 간 선물이 있었다.

"이건?"

"소총입니다. 총 97정입니다. 입구에서 사용된 3정을 포함하면 100정이 맞습니다."

"이런 개자식들."

장군이 이런 첩보가 들어왔다는 이야기를 했을 때, 그들은 말도 안 되는 개소리라고 생각했다.

하지만 눈앞에 총과 탄약과 총에 맞은 사람이 있었다.

"그게 문제가 아닙니다."

"그럼?"

"이게 문제입니다."

아주 단단해 보이는 철제 케이스.

그 케이스를 연 중대장은 고개를 갸웃했다.

"뭔데, 이게?"

정체를 모를 물질들이 통마다 가득 들어 있었다.

같은 물질은 아닌 것 같다.

그런데 이걸 왜 자신에게 보여 주는 것일까?

"이것도 이거지만, 중요한 건 이 종이입니다."

소대장이 내미는 종이를 들여다본 중대장의 얼굴이 붉어졌다.

영어로 된 내용을 읽을 수가 없어서였다.

그걸 알아챈 건지, 소대장은 다급하게 말을 꺼냈다.

상황도 급하기는 하지만 상관의 심기를 건드리지 않기 위해서였다.

"사린 가스 제조법이라고 쓰여 있습니다."

"뭐?"

"사린 가스 제조법이라고 쓰여 있습니다. 물건을 비교해 봤는데, 중요 물질 몇 개가 비기는 하지만 이 재료들은 사린 가스를 만들 때 쓰는 물건이 맞습니다. 이 정도 재료라면 도시 하나는 너끈하게 날릴 양이 될 겁니다."

중대장의 얼굴이 사색이 되었다.

사린 가스라니!

그도 그게 뭔지 안다.

분명히 화학 가스로, 테러에도 사용된 물건이다.

그런데 그 이름이 왜 여기서 나온단 말인가?

"이게 왜 여기에 있는 거야!"

"이놈들 물건인가 봅니다."

"이런 미친!"

중대장은 정신이 아득해졌다.

안 그래도 중국 내부의 분리 주의자들 때문에 여러모로 곤혹스러운 상황이다.

그런데 폭력 조직이 소총으로 무장을 하고, 사린 가스를 만들고 있다?

"당장 장군님한테 연락해! 그리고 지금부터 절대 저 새끼들한테 손대지 마!"

"네?"

"패다가 자칫 죽기라도 하면 어쩔 건데! 그 새끼들을 족쳐야 이게 어디서 흘러온 건지 알 거 아냐!"

"아! 알겠습니다!"

후다닥 뛰어나가는 소대장을 바라보던 중대장의 시선은 다시 재료가 담겨 있는 철제 통으로 향했다.

"이런 미친놈들."

절로 온몸이 떨리는 기분이었다.

⚖

구출한 인질들을 풀어 주는 것은 어려운 일이 아니었다.

사실 구출한 후에 데리고 돌아오는 것은 상당히 힘든 일이다.

하지만 이번 경우는 그럴 이유가 없다.

"들어가면 됩니까?"

"네, 가서 사실대로 말하세요."

중국의 경찰인 공안에 가서 구조를 요청하면 자신들의 일은 끝난다.

"감사합니다. 이 은혜는 잊지 않겠습니다."

"잊으세요. 저희는 존재하지 않는 겁니다."

사람들을 다독거려서 공안으로 보낸 노형진은 멀찌감치 떨어졌다.

"공이 아깝지 않은가? 영웅이 될 텐데?"

"그 대신 저 미친놈들이 죽이려고 하겠지. 나는 멍청이가 아니야."

무장하고 사린 가스까지 만든 것으로 오해받는 조직이다.

아무리 간땡이가 부었다고 해도 삼합회에서 지켜 줄 리 없으니, 그들은 중국 정부의 추적을 받고 박멸될 것이다.

"그리고 한국에 있는 놈들도 박멸되겠지."

단순히 폭력 조직이 있는 것과 테러 조직이 있는 것은 전혀 다르다.

더군다나 테러용 사린 가스까지 만들었다는 의심을 받고 있는 이상에야.

"아무리 한국이 물렁해도, 테러 조직에 대한 대응은 이야기가 다르거든."

한국뿐만 아니다.

제대로 된 국가 시스템을 가지고 있는 나라라면 결코 테러 조직을 가만두지 않는다.

"그리고 납치되었던 사람들의 말도 영향을 발휘할 테고."

그들은 자신들이 왜 납치되었는지 모른다.

하지만 노형진은 그들과 동행하는 동안 납치 조직이 테러 비용을 벌기 위해 인신매매를 했다는 식으로 이야기해 놨다.

"박멸이야 되겠지만, 너나 죽음의 천사들에 대해서는 아무도 모르겠군."

아무리 삼합회가 납치 조직을 버린다고 해도, 그건 중국 정부 때문에 포기하는 거니 자신들을 건드린 민간인을 가만둘 리 없다.

"뒤에서 조용히 움직이는 게 최선이야."

이번에는 한국 내에 있는 납치 조직을 박멸하는 걸로 노형진은 만족하기로 했다.

상당한 돈을 쓰긴 했지만, 어차피 이러기 위해 번 돈이 아닌가?

"대단한 오지랖이군."

남상진은 눈을 찌푸리며 짜증스럽게 말했다.

"왜?"

"네놈처럼 착한 척하는 놈들을 보면 구역질이 나."

"뭐야? 내가 착한 게 불만이냐? 너도 착한 척하고 싶어서 질투하는 거라면 이번 일은 공짜로 해 주든가."

"헛소리."

남상진은 말도 안 되는 소리라고 일축해 버렸다.

"비즈니스는 비즈니스야. 얄짤없다."

"기대도 안 한다."

노형진은 피식 웃으면서 다시 공안청으로 들어가는 사람들의 뒷모습을 바라보았다.

너희끼리 다 해 처먹어라

사람에게는 취향이라는 게 있다.

노형진 역시 취향이라는 게 있다.

그리고 노형진의 취향 중에, 스포츠는 없었다.

"뭔 남자가 운동을 그렇게 싫어해?"

"나도 나름 운동하거든!"

"숨쉬기운동?"

"시끄러워."

다른 남자들은 스포츠에 열광하면서 환호를 지르지만, 노형진은 어째서인지 스포츠 쪽에는 그다지 관심이 없었다.

그건 지금도 마찬가지다.

"지역 예선인데 결과가 궁금하지도 않아?"

"내가 보면 뭐 결과가 바뀌나?"

스피드스케이팅 예선전.

한국이 스피드스케이팅 강국인지라 본선 진출이 메달권이라는 말처럼 경쟁이 치열하기 때문에, 사람들은 관심을 가지고 예선전을 보고 있었다.

"난 관심 없다."

빙상경기장에서 보이는 모습에 노형진은 어깨를 으쓱하면서 고개를 돌렸다.

"특이해."

"취향입니다. 존중해 주시죠."

노형진은 사람들이 관심을 보이는 그곳에서 시선을 떼고 다시 서류에 집중했다.

이긴 사람은 국제 대회에 나가서 메달을 따 올 것이다.

그뿐이다.

'나와는 상관없지.'

누군가는 애국심이 없느냐고 할지도 모르겠지만, 애국심을 가지기에는 그가 더러운 꼴을 너무 많이 봤다.

"아, 역시."

한참 시합을 보던 사람들은 마치 당연하다는 듯 고개를 끄덕거렸다.

"예상대로네."

"예상대로?"

"어딜 가나 천재라는 사람이 있기 마련이잖아."

"무슨 천재?"

"1등 말이야."

1천 미터에서 압도적인 실력으로 경쟁자들을 꺾고 우승을 확정 지은 남자.

그 남자가 우승할 걸 다 알고 있었기 때문에, 사람들은 그다지 재미있어하는 표정이 아니었다.

"결국 누가 이길지 알고 있었다는 거네?"

"그런 거지."

"그런데 그걸 왜 봐?"

"어허! 그것도 나름 묘미라고. 결말을 안다고 영화를 무조건 안 보는 건 아니잖아?"

"그렇지."

"그리고 다크호스라는 말은 그냥 생긴 게 아니야. 혹시 알아, 이번 시합에서 다크호스가 생겨서 기록을 바꿀지?"

"글쎄다."

그건 자신과 관련이 없기 때문에 노형진은 어깨를 으쓱했다.

"한 가지는 확실하지."

"뭔데?"

"금메달이 우리 밥 안 먹여 준다."

"와, 팩트 폭력 너무하네."

손채림은 툴툴거리면서 자리에 앉았다.

점심시간은 끝났고, 이제 일거리가 기다리고 있는 오후 시간이었다.

"으아…… 그만두고 싶다!"

"그건 어디까지나 꿈같은 거지."

노형진은 키득거렸다.

"혹시 알아, 어디서 스포츠 방청권이 짠 하고 떨어질지?"

"글쎄? 그게 은근히 비싸서."

노형진과 손채림은 키득거리다가 다시 일을 시작했다.

확실히 운동이 이들에게 밥을 먹여 주지는 않았다.

아직은 말이다.

⚖

"어, 윤하선 선수?"

손채림은 회사를 찾아온 여자를 보고 깜짝 놀랐다.

한국 올림픽 금메달리스트가 여기에 왜 온단 말인가?

"절 아세요?"

"그럼요. 동계 올림픽 금메달…… 아…….."

손채림은 문득 그녀의 복장을 바라보았다.

모자를 눌러쓰고 선글라스를 쓰고 있는 모습.

아무리 겨울이라지만 온몸을 꽁꽁 감싸고 있는 그녀의 모습에, 손채림은 어색하게 웃었다.

"아, 미안해요……. 비슷해서 착각했어요."

마치 주변에 들으라는 듯 크게 말한 손채림은 조심스럽게 물었다.

"뭘 도와드릴까요?"

"여기에 의뢰를 하려고 하는데요."

"접수계는 저쪽입니다. 접수하시면 사건을 배당해 드릴 거예요."

"한시가 급한 거라서요."

"한시가 급하다고요?"

"네."

살짝 선글라스를 내리는 윤하선을 본 손채림은 약간 고민하는 듯했다.

"뭐, 아주 급하신 건가요?"

"아주아주 급해요."

"으음…….."

"특수한 사건이기도 하고요."

"특수한?"

"네, 이런 사건을 전담하는 분이 계시다고……."

말을 흐리는 윤하선을 잠깐 바라보던 손채림은 고개를 끄덕거렸다.

특수한 사건이라면 아마도 노형진을 찾아온 것이리라.

노형진의 이름을 아는 사람들은 하나같이 그가 맡는 사건이 전부 특수한 사건이라고 주장하니까.

"죄송한데 대략적으로라도 알아야 해서……."

"동계협회 문제라서요."

"동계협회요?"

"네."

윤하선의 말에 손채림은 잠깐 고민했다.

동계협회. 한국 체육계의 악의 축이라 불리는 곳이다.

그런 곳이라면…….

'특수하지.'

수십 년간 무소불위의 권력을 휘두르는 집단.

지금까지 누구도 그들을 이기지 못했다.

그런 만큼, 특수하다 못해 위험할 정도다.

대한민국의 동계 스포츠 자체가 동계협회에 다 들어가 있다고 봐도 무방하니까.

"그런 거라면……."

결국 자신들에게 배당될 수밖에 없는 사건이다.

"일단은 저를 따라오시겠어요?"

"네?"

"제가 그쪽 담당자라서요."

"아!"

손채림은 윤하선을 데리고 노형진의 사무실로 들어갔다.

막 점심을 먹은 후 느긋하게 웹 서핑을 하던 노형진은 갑자기 들어온 손님에 깜짝 놀랐다.

"무슨 일이야?"

"직권 사건이라고 해야 하나?"

"직권 사건?"

"너 윤하선 씨 알아?"

"아니, 모르는데."

"……."

순간 흐르는 뻘쭘한 공기.

하지만 진짜 스포츠에 관심이 없는 게 사실이니 어쩔 수 없지 않은가?

"흠흠…… 동계 올림픽 금메달리스트야."

"아, 그래? 아, 미안합니다. 제가 좀 바빠서, 하하하……."

멋쩍게 웃으며 자리를 권하는 노형진.

괜히 미안한 마음이 들었다.

"그런데 무슨 일이신지요?"

"동계협회 문제 때문이라는데? 그래서 내가 모시고 온 거야. 아무래도 특수 사건이니까."

"동계협회?"

노형진은 눈을 찌푸렸다.

그들이 낀 사건이라면 여러모로 골치 아픈 사건이 맞다.

"표정을 보아하니 그건 아나 보네."

"한국에서 인터넷을 할 줄 아는 사람들 중에 동계협회에 대해 모르는 사람도 있냐?"

"그건 그렇지."

오죽 패악질이 심하면, 그들을 모르면 간첩이라는 말이 있을 정도다.

"일단은…… 들어 보죠."

노형진도 손채림이 말한 대로 특수 사건이라는 것을 인정할 수밖에 없었다.

그리고 그걸 해결할 수 있는 것은 자신뿐이다.

'다른 변호사들이 싸워 보지 않은 건 아니지.'

하지만 그들의 힘은 어마어마하다.

당연히 지금까지 변호사들은 제대로 싸워 보지도 못했다.

설혹 싸웠다고 해도, 결국은 패배했고.

"안녕하세요. 윤하선이라고 해요."

"아, 네. 인사가 늦었네요. 노형진이라고 합니다."

뻘쭘하게 인사를 건넨 후 윤하선은 자신이 여기에 온 이유를 말했다.

"사실은 동계협회에서 저한테 짬짜미를 요구하고 있어요."

"짬짜미?"

"네."

"그게 뭔가요?"

"메달 나눠 먹기요."

노형진은 눈을 찌푸렸다.

메달 나눠 먹기. 그건 동계협회의 오래된 문제다.

사실 스포츠라는 것은 자기 자신과의 싸움이다.

당연히 자신의 실력을 갈고닦아서 우승을 노리는 것이 바로 스포츠맨십이다.

"어째서요?"

"제가 그들 파벌이 아니거든요."

운이 좋아서 동계 올림픽에 나가서 금메달을 따는 데 성공했지만, 딱 거기까지였다.

"그 이후로 협회 내부에서 견제가 심해요."

"자기 파벌이 아니라서?"

"네."

그거야 너무 유명한 일이니까 이해할 수 있다.

그런데 짬짜미라니.

"그걸 왜 나눠 달라는 거죠?"

"국제 대회를 다 가고 싶다고 해도, 결국 티오라는 것이 있으니까요."

실력이 있다고 해도, 한국이 스케이트 강국이라고 해도, 한국 선수로만 국제 대회를 죄다 채울 수는 없다.

당연히 동계 스포츠는 각 지역별로 한정된 출전권을 가지고 다퉈야 한다.

"그리고 그걸 위해서는 결국 승점이 중요하죠."

세계적으로 인정받은 대회에서 실력을 인정받아야 더 큰

대회에 나갈 수 있다.

"음…… 이해가 안 가는데. 나라별로 나가는 게 아냐?"

"그건 아냐. 지역별로지."

"지역별?"

"그래. 예를 들면 이런 거야."

가령 아시아 지역에 표가 스무 장이 배당된다고 하면, 그 안에서 각 나라별로 또 표가 나뉜다.

그리고 각 나라에서는 할당받은 숫자만큼 사람을 뽑아서 보낸다.

그런데 여기서 문제가 생긴다.

어떤 협회는 금메달 획득에 신경 쓰지 않고 깨끗하게 승부를 봐서, 최고의 실력을 가진 사람만 내보낸다.

또 어떤 곳은 협회의 추천을 받은 사람을 내보낸다.

그리고 또 다른 어떤 곳은, 기존의 성적을 바탕으로 사람을 내보낸다.

"한국동계협회는 뒤의 두 가지를 써."

협회에서 추천을 하거나, 기존의 성적을 바탕으로 출전시키는 거다.

"출전하기 위해 랭킹전 같은 거 안 해?"

"하지. 그러니까 거기에 출전하기 위해서는 일정 이상의 실력이 담보가 되어야 한다는 거야. 그게 기존 성적이니."

스케이트를 탈 수 있는 모든 사람들을 대상으로 출전자를 뽑을 수는 없다는 소리다.

"오케이, 이해했다. 그런데? 왜 거기서 짬짜미가 나와?"

"지금 그쪽 파벌이 점수가 좀 많이 부족해요."

"응?"

"좀 자초한 면이 있기는 한데……."

자기네 파벌이라고 쉽게 밀어주면서 자기들끼리 메달을 주고받았다.

문제는 그게 국내 대회에서만 가능하다는 것이다.

감독부터 심판까지 모조리 자기네 파벌이니까.

"하지만 국제 대회는 해외 대회 성적만 인정하거든요."

"아, 무슨 뜻인지 알겠습니다. 국내 대회에서 좋은 성적을 낸 사람들이 국제 대회에서는 죽 쒼 거군요."

"네."

경쟁으로 이긴 게 아니라 비단길을 깔아 준 상황에서 이겼으니, 해외에서 제대로 먹히지 않는 게 당연했다.

"하긴……."

손채림은 알 것 같다는 듯 고개를 끄덕거렸다.

"왜? 뭐 좀 알아?"

"안다기보다는, 요즘 이쪽 성적이 그다지 좋지 않아."

과거에는 동계 올림픽 하면 한국이 싹쓸이하는 종목이 몇 개 있었다.

하지만 요즘은 싹쓸이가 힘들다.

물론 해외 선수들의 기량이 향상된 것도 있지만, 파벌 싸움 때문에 자기 라인이 아니면 희생양으로 만들어 버려서다.

"음…… 그건 알겠는데……."

노형진은 턱을 문질렀다.

더 큰 대회에 나가기 위해서는 표를 받아야 한다.

그런데 자기 파벌의 점수가 부족하다.

그러면 남은 방법은 하나, 그 점수를 올리는 것뿐이다.

그러나…….

"국제 대회 성적만 인정된다고요?"

"네."

그럴 수밖에 없다.

국가 성적까지 인정하면 조작도 너무 쉬운 데다가, 아프리카에서 1등 하는 사람과 러시아에서 1등 하는 사람의 실력이 같을 수는 없으니까.

훈련도 힘든 아프리카와 사시사철 얼음의 나라인 러시아의 여건이 어떻게 똑같겠는가?

"그래서 저한테 이번에는 포기하라고 하더라구요."

"포기라 하면?"

"자기 라인 밀어주래요."

얼굴을 확 찡그리는 윤하선.

"자기 선수들을 밀어주고, 다음 동계 올림픽 출전 포기하래요."

이것이 법이다

"네?"

노형진은 당황했다.

그녀는 금메달리스트다. 그런데 출전을 포기하라니?

"아니, 왜요?"

"금메달리스트가 꼭 세계 1위는 아니거든요."

더군다나 그녀가 메달을 딴 이후 상당한 시간이 지났다.

그녀의 실력이 과거와 같을 거라는 보장은 없다.

"그렇군요."

"네, 물론 저도 제 실력이 과거와 같지 않다는 건 알아요. 하지만 이런 식으로 쫓겨나고 싶지는 않아요."

"이해했습니다."

"아니, 사실 전 문제가 아니에요. 문제는 제 후배들이지."

올림픽 같은 국제 대회에서 금메달을 따면 그 선수에게는 연금이 나온다.

미래가 불확실한 선수들에게 그건 아주 중요한 돈이다.

그 돈이 있어야 미래를 계획할 수 있고 또 최소한의 생계를 준비할 수 있다.

'한국의 스포츠가 좀 기형적이기는 하지.'

운동을 하면 오로지 그것만 한다.

오로지 1등. 오로지 금메달만 노린다.

어떤 학교는 아이를 제대로 수업에도 참가시키지 않고 오로지 훈련만 시키기도 했다.

그 아이의 미래보다 학교가 금메달을 따는 게 더 중요하다는 이유로 말이다.

"하지만 메달을 두 번 딴다고 해서 연금이 두 배가 되는 건 아니죠."

"알고 있습니다. 그건 법적인 부분이니까요."

가령 어떤 선수가 올림픽에서 메달을 두 번 따면 연금이 두 배가 될까?

아니다.

연금은 그 선수가 가진 최고 기록, 그것도 한 번만 인정된다.

가령 금메달 세 번, 은메달 열 번을 따도, 연금은 금메달 한 번만 인정되어 지급된다.

"그러니 제가 실력으로 밀려서 못 나간다면 불만이야 없지요. 하지만 자기 파벌을 출전시키기 위해, 다른 파벌에 속했다는 이유로 기회조차 박탈하려고 하는 건 아니잖아요?"

"그 정도입니까?"

"그 정도니까 문제죠."

사실 짬짜미는 동계협회의 아주 극히 일부에 지나지 않는다.

그들이 저지른 범죄에 비하면, 말 그대로 새 발의 피다.

"하긴…… 그런 것뿐이라면 그들이 그렇게 욕먹지 않았겠지."

그들은 대놓고 선수들의 상금을 빼앗기도 한다.

실제로 모 선수는 우승한 후 대부분의 상금을 강제적으로 기부라는 형태로 내놓으라고 협박받아서, 결국 내놓을 수밖에 없었다.

'그리고 그건 잘나신 부회장님 룸살롱비로 나갔지.'

노형진은 머리를 절레절레 흔들었다.

그런 사건이야 어느 협회에나 있다지만, 동계협회는 그런 더러운 사건의 엑기스만 꽉꽉 담아 둔 듯한 곳이다.

"저도 항의도 해 보고 싸워도 봤어요. 하지만 이건 아니죠. 그냥 공평하게 나누는 것도 좋은 소리는 못 들을 텐데, 오로지 자기 파벌을 위해 비파벌을 이용해 먹겠다는 소리니까……."

"열 받을 만하네요."

노형진은 윤하선이 화가 나는 이유를 알 것 같았다.

세상의 누가 그런 일을 좋아하겠는가?

"지금 협회에서는 파벌 선수들이 비파벌 선수들을 대놓고 왕따 시키고 비웃어요."

"그게 무슨 말씀이신지?"

"제 선배가 지도자 자격 코스를 신청했는데 떨어졌어요."

"지도자 자격 코스?"

"네."

한국의 동계 운동선수들은 그만둔 후에 할 수 있는 일이 없다.

그렇다 보니 가장 좋은 방법은 지도자 자격을 얻는 것.

즉, 코치나 감독이 되는 것이다.

하지만 자신이 하는 것과 남을 가르치는 것은 전혀 다른 일이다.

"그런데 그걸 하기 위해서는 일정량의 수업을 들어야 하거든요."

그래서 수강을 신청했는데 떨어졌다.

당장 그만둘 건 아니라고는 하지만, 전혀 예상하지 못한 일이었다.

"실력이 나쁜 게 아니에요. 센스도 좋고요."

만일 거기에 붙으면 은퇴하고 지도자로 나간다고 했다.

그런데, 신청했는데 떨어졌다.

더 이상 자리가 없다는 이유로.

"신청이 늦었나요?"

"그럴 리가요. 접수 시작하고 바로 신청했는데."

"그런데요?"

"알고 보니까 파벌 문제더라고요."

상대방 파벌을 죽이는 가장 좋은 방법은 뭘까?

당연히 제자를 가지지 못하게 하는 것이다.

수업이 열리고 보니, 오로지 자기 파벌만 받아들였던 것.

"허."

"결국 언니는 울며 겨자 먹기로 1년 더 하게 생겼어요. 현역일 때와 아닐 때는 전혀 다르니까."

하지만 이제 은퇴해야 한다고 스스로 생각하는 시점이라는 것은, 이미 체력적인 한계가 왔다는 것이다.

그녀가 아무리 노력해도 좋은 실적은 내지 못하리라.

"그런 식으로 자기 파벌이 아닌 사람들은 대놓고 차별해요."

심지어 훈련조차 차별받는 상황.

"그걸 제가 고쳐 주기를 바라시는 거군요."

"네."

노형진은 곰곰이 생각에 잠겼다.

그리고 윤하선을 바라보았다.

그게 된다면 아마 좋겠지만…….

'윤하선 씨의 피해가 크겠지.'

그는 운동은 모르지만 법은 안다.

그리고 지금까지 동계협회에 반기를 든 사람 중에서 멀쩡하게 걸어 나간 사람은 없다는 것도 안다.

말 그대로 이 바닥에서 철저하게 퇴출시키겠다고 단체로 달려들기 때문에, 동네 스케이트장에도 못 다닐 만큼 사람 피를 말린다.

심지어 스포츠용품점도 운영하지 못한다.

스포츠용품점에서 물건을 사는 사람은 당연히 동계 스포츠를 하는 사람이다. 개인적으로 취미 삼아 하는 사람도 있겠지만, 소수일 뿐이고.

그런데 학교나 학원 등에서 대놓고 그 가게 물품은 쓰지 말라고 이야기해 버린다.

그래서 주 고객이 단 한 명도 오지 않는다면, 남은 길은 망하는 것뿐이다.

이러한 일은 다른 분야에서도 흔히 일어나는데, 일례로 모 학교에서 교장이 특정 브랜드에서 만든 교복을 인정하지 않고 무조건 새로 사 입고 오라고 해서 학교가 뒤집어진 적이 있었다.

공식적으로는 옷의 색이 다르다는 이유였다.

하지만 원단마다 아주 미묘한 차이는 있을지언정 기본 색과 패턴이 똑같고 핵심인 모양은 완벽하게 일치하니, 다른 학교 교복이라고 볼 이유도 없다.

그런데 그곳에서 만든 교복을 입은 학생을 아침마다 골라내 기합까지 줘 가며 새로 옷을 맞춰 오라고 했다.

'나중에 알고 보니 그 브랜드만 그 교장한테 뇌물을 안 줬지.'

일개 학교에서도 그러는데, 시장이 더 협소한 스포츠계야.

"그건 곤란합니다."

"네?"

노형진의 말에 윤하선은 깜짝 놀랐다.

그녀도 노형진이 단박에 의뢰를 받아들여 줄 거라고는 생각하지 않았다.

하지만 최소한 고민하는 시늉만이라도 해 줄 거라 생각했다.

다른 곳처럼 꽉 막힌 곳이 아니라고 들었으니까.

다른 곳에서는 듣자마자 손사래를 치면서 그녀를 쫓아냈다.

"소송하면 그들은 윤하선 씨에게 불이익을 줄 겁니다."

"어차피 이번 대회에 나가지 못하면 은퇴할 거예요."

"그리고 지도자 자격도 못 따겠지요."

"그건……."

"저희는 변호사입니다. 의뢰인을 위해 일합니다. 다른 방법이 있는데 굳이 의뢰인을 희생시키는 방법을 택할 수는 없습니다."

"다른 방법?"

듣고 있던 손채림은 깜짝 놀랐다.

다른 방법이 있다고?

"지금, 듣자마자 해결책을 생각해 낸 거야?"

"어…… 그건 아니야. 다만 과거에 이런 것에 대해 생각해 본 적이 있어서."

"허얼?"

"다만 내가 할 이유도 없어서, 단순히 생각에서 멈춘 거지만."

노형진은 어깨를 으쓱했다.

"그러면 제 의뢰를 받아 주시는 건가요?"

"공식적으로는 거절입니다. 당연히 소송도, 신고도 안 합니다."

"그건……."

"애초에 그런 걸 해서 성공한 적은 있습니까?"

"후우……."

윤하선도 손채림도, 한숨을 쉬었다.

그런 시도는 벌써 수십 명의 변호사와 선수 들이 해 봤지만…….

"아니요."

"단 한 명도 못 이겼잖아요."

"네."

"그런데 왜 그 짓을 또 합니까?"

물론 잠깐 이길 수는 있다.

하지만 말 그대로 잠깐이다.

"전에 딱 한 번 이겼죠. 그래서 부회장이 퇴출된 적 있죠?"

"네."

"그 후에 어떻게 되었나요?"

"……."

"제가 알기로는, 3개월 후에 부회장 자리 고대로 돌아왔던 걸로 기억하는데요?"

고작 3개월.

모든 책임을 지고 사퇴한다고 한 지 딱 3개월이 지나고 국민의 관심이 끊어지자마자, 그는 다시 부회장으로 컴백했다.

"지금 윤하선 씨가 소송해서 이길 수 있다고 생각하세요? 이기면요? 그 후에는요? 그들이 '아, 파벌은 나쁜 겁니다. 저희가 정말 큰 잘못을 했네요.'라고 반성할까요? 아니면 3개월 기다렸다가 컴백할까요?"

"……."

"제가 봐서는 이건 3개월도 안 가요."

그때 그 사건은 대놓고 성범죄가 연루된 사건이라 사람들이 많이 분노했었다.

"하지만 이번 사건은 그 정도 파급력은 없습니다. 아시죠?"

"후우."

"좀 살살 말하지."

"살살 말해서 되는 거였다면 내가 이러지 않지."

손채림이 걱정스럽게 말렸지만 노형진은 단호했다.

"어이가 없고, 나도 화나. 하지만 다른 방법이 있는데 우직하게 싸울 필요는 없잖아. 그건 정정당당한 게 아니라 지능의 문제 같은데."

"와, 진짜……."

"아니에요. 맞는 말이에요."

손채림이 한마디 하려 했지만 윤하선은 쌈박하게 인정했다.

기존 방식으로 싸워 봐야, 바뀌는 것은 없다.

"그러면 어쩌시려고요?"

"원래대로 하시면 됩니다."

"원래대로?"

"네."

"가서 이기라고요?"

"아니요. 가서 져 주세요."

윤하선이 눈을 찌푸렸다.

그게 싫어서 여기까지 온 거다.

그런데 져 주라고?

"10보 전진을 위한 1보 후퇴라는 말이 있습니다. 제 작전이 제대로 먹힌다면, 10보가 아니라 결승선까지 바로 달려갈 수 있습니다. 지금 자존심이 중요한 거, 아니시잖습니까?"

"그건 그런데……."

"그러니까 제가 하라는 대로 하세요. 물론 비공식적으로 의뢰받는 것이니까 의뢰비는 현금으로 주셔야 합니다. 당연히 기록도 남기지 않을 거니까, 변호사협회에 보고도 하지 않을 테고요."

"그건 불법……."

"애초에 이걸 해결하는 방법은 불법뿐입니다."

혹시나 하던 얼굴이 그대로 사색으로 변하는 윤하선.

"걱정 마세요. 사람 패거나 죽이거나 하는 건 아닙니다."

"그러면요?"

"윤하선 씨는 그냥 제가 원하는 대로 해 주시면 됩니다."

노형진은 차분하게 말했다.

"준비되면 말씀드리겠습니다."

⚖

윤하선이 돌아간 후 노형진은 인터넷에서 동계협회의 범죄 기록을 찾아봤다. 그리고 혀를 끌끌 찼다.

이것이 법이다

"개판이네, 개판."

지난 20년이 넘는 기간 동안 단 한 번도 감사를 받은 적도, 횡령한 기록도 없다.

한국의 수만 명이나 되는 동계 선수들에게서 세금이라는 명목으로 돈을 갈취했는데 정작 세금은 납부하지 않았다.

오죽하면 보다 못한 국회의원이 그 부분을 지적했음에도 불구하고 여전히 감사는 진행되지 않았을 정도다.

심지어는 자신의 말을 듣지 않았다는 이유로 선수 자격을 정지시키는 경우도 있었다.

상대방이 국제 대회에서 금메달을 땄건 천재적인 실력이 있건, 그런 건 조금도 중요한 게 아니었다.

오로지 파벌 그리고 돈.

그게 협회의 목적이었다.

"진짜로 하려고?"

"어. 의뢰받았잖아."

"그런데 왜 비공식이라는 거야?"

"어차피 소송할 것도 아닌데 올려 봐야 무슨 의미가 있어?"

"응?"

"저들이 이런 식으로 패악질하는데 단 한 번도 조사를 받지 않았다는 게 이상하지 않아?"

"그건……."

"지난번 사건도 그래."

성폭력 사건이다.

그런 사건이면 조직이 모조리 털려야 한다.

그런데 고작 두 명이 처벌받는 걸로 사건이 무마되었다.

책임진다고 물러났던 부회장은 금방 복귀했고.

"결국 재판부랑 끼리끼리 붙어먹었다는 거지."

노형진은 머리를 긁적거렸다.

"작은 사건 하나라면 재판부를 뒤집을 수 있겠지. 하지만 이건 작은 사건이 아니잖아."

설사 이긴다고 한들, 아까 말한 것처럼 작은 기스를 내는 정도일 뿐이다.

"그러면 어쩌려고?"

"대한민국을 위해 애국 한번 해 볼까 생각 중이야."

"뭐?"

노형진은 씩 웃더니 손채림에게 작전을 설명했다.

조용히 듣고 있던 손채림은 묘한 표정이 되었다.

지금까지 누구도 생각해 보지 못한 작전이 튀어나왔기 때문이다.

"그게 가능해?"

"사실 법적으로 어려운 건 아니지, 불법이기는 하지만. 너도 알다시피, 불법이지만 개나 소나 다 하는 거잖아?"

"그건 그런데……."

어이가 없어서 말을 못 하는 손채림.

그러던 중 문득 윤하선이 생각났다.

"윤하선 씨한테 이야기해 주고 도움을 청하면 되는 거 아냐?"

"윤하선 씨?"

"그래."

"물론 이야기하고 도움을 청하면 편하기는 하지. 하지만 윤하선 씨가 이 사실을 알고 있었다는 사실이 드러나면 그분 입장이 곤란해져."

"도대체 얼마나 일을 키우려고?"

노형진은 씩 웃으며 손채림의 귀에 뭐라고 작게 속삭였다.

그러자 그녀는 얼굴이 사색이 되었다.

"너 미친 거 아냐?"

"적당하지 않아? 수십 년간 그 정도 해 처먹었으면 벌은 받아야지."

"벌을 받는 정도가 아니라 발본색원 수준이잖아!"

"그렇지."

노형진은 고개를 끄덕거렸다.

작전대로 된다면, 파벌? 파벌은커녕 살아남는다는 것 자체가 힘들어질 것이다.

"애초에 이러한 문제의 근본은 다름 아닌 특정 학교야. 사실 동계협회 말고도 대부분의 협회가 그들 아래에 있지."

"그거야 그런데……."

"이참에 날려 버리는 것도 나쁘지 않잖아?"

"어후, 야……."

손채림은 왠지 심장이 벌렁벌렁했다.

노형진이 가끔 사건을 해결하기 위해 국제적인 규모로 일을 저지르기는 했지만, 또 그럴 줄은 몰랐기 때문이다.

"그러면 이제 뭘 해야 하는 거야?"

"일단은……."

노형진은 탁자를 톡톡 두들기다가 씩 웃었다.

"계좌 번호부터 알아내야겠지? 후후후."

큰 거 한 방!

윤하선은 감독을 노려보면서 이를 갈았다.

"지라고요?"

"그래. 애들도 좀 출전하고 그래야지, 언제까지 너 혼자 해 처먹을래?"

"감독님! 그 애, 저랑 2초나 차이 나요! 아무리 그래도 그렇지, 어떻게 그렇게……!"

감독의 말에 윤하선은 크게 항의했다.

사실 그만두고 싶었다.

하지만 그냥 해 오던 대로 하라던 노형진 때문에 꾹 참고 있었다.

─그렇다고 항의도 하지 않고 너무 고분고분하게 나가면 그쪽도 의심합니다. 그러니까 평소처럼 행동하세요.

노형진의 말에 그녀는 평소처럼 행동했다.

그리고 그건 어려운 게 아니었다. 진짜로 열 받았으니까.

"운동하다 보면 컨디션이 나쁠 수도 있잖아?"

"하지만 그래도 2초나 차이가 난다고요! 최고 기록이 아니라 평균 기록이!"

심지어 그 선수의 최고 기록이 자신의 평균 기록보다 1초나 느리다.

그런데 자신더러 져 주란다.

"너 진짜 따질래? 어? 죽고 싶어!"

감독은 결국 언성을 높였다.

"너 금메달 하나 땄다고 콧대가 하늘을 찌르는 모양인데, 그러다 훅 가는 수가 있어!"

"감독님!"

"조금만 힘 빼면 되는 거잖아. 그게 어려워? 네가 자꾸 이러면 애들에게 좋겠어? 어차피 이야기 다 끝났어."

윤하선은 입술을 깨물었다.

애들.

모든 선수들을 뜻하는 게 아니다.

윤하선이 저항할수록 비파벌에 속한 선수들에게 불이익이

들어간다는 뜻이다.

"다 같이 잘 살자는 거야. 상생! 무슨 뜻인지 알 나이는 됐
잖아?"

"……."

"알아들은 걸로 생각할 테니 나가."

그녀가 화를 주체하지 못하고 부들부들 떨든 말든, 그는
신경 쓰지 않고 제 할 말만 했다.

그런데 뒤이어 들린 말이 그녀의 입술을 깨물게 만들었다.

"어디 병신 같은 년이 메달을 따서 사람을 귀찮게 만들고
지랄이야, 지랄이."

사실 그녀의 메달에는 비밀이 있었다.

당시 감독이 자신의 파벌이 결승전에 나갈 수 있도록 다른
선수의 주행을 방해하라고 했다.

다른 대회도 아니고 올림픽에서 말이다.

만일 시키는 대로 하지 않으면 선수 생활이 힘들어질 거라
고 하면서.

하지만 그녀는 그 명령을 어겼고, 순수하게 실력으로 승부
했다.

그 결과, 그의 파벌은 결승전은커녕 예선 탈락했다.

'미친놈들.'

실력으로 승부했을 때 예선 탈락하는 놈이, 과연 결승전에
나간다고 메달을 딸 수 있었을까?

불가능하다.

하지만 돌아오자마자 그녀에게 날아온 것은 따귀였다.

아마 그 이후에 결승전까지 올라가서 금메달을 따지 못했다면 그녀는 그 일로 퇴출되었을 것이다.

그게 벌써 몇 년 전 일이지만, 그들은 바뀐 게 없었다.

"언니."

감독의 방에서 나오자마자 다가온 후배들은 안타까워하는 얼굴이었다.

"미안해요…… 우리 때문에……."

그녀들도 안다, 윤하선이 계속 싸우는 이유가 자신들 때문이라는 걸.

애초에 이미 금메달까지 딴 사람이다.

저들에게 조금만 고개를 숙인다면, 편하게 남은 생활을 마무리하고 지도자 자격을 따서 편한 곳에서 애들을 가르치면서 살 수 있을 것이다.

운이 좋다면 국가 대표의 코치로 활동할 수도 있을 테고 말이다.

"아니야."

윤하선은 후배들을 다독거렸다.

그녀들이 무슨 생각을 하는지 모르는 바가 아니다.

"너희한테도 감독이 뭐라 하디?"

"네."

"그렇겠지."

금메달을 밀어주라는 것은 단순히 양보하는 수준이 아니다.

국내 대회에서라면야 그런 게 가능하겠지만 국제 대회에서, 다른 나라에서 온 사람들이 올림픽 출전하라고 자리를 양보하겠는가?

양보하는 순간 본인이 출전하지 못하게 될 텐데?

"방해하라고……."

"미친놈들."

안 봐도 뻔하다.

앞에서 알짱거리면서 타 선수들이 속도를 내지 못하게 하든가, 아니면 손으로 잡아서라도 막으라는 소리다.

그러지 않으면 그 징계는 단순히 출전 금지가 아니라 퇴출이니까.

"언니…… 어떻게 해요……?"

"하아……."

그녀는 눈을 찡그렸다.

방법이 있다고, 기다리라고 했다. 그리고 그냥 지라고 했지만…….

'그래, 알아봐야겠다.'

그녀는 바로 전화를 들었다.

그녀를, 그리고 그녀의 후배들을 도와줄 사람은 오직 한 명.

그 말고는 믿을 수 있는 사람이 없었다.

"그래요?"

전화를 받은 노형진은 담담하게 대답했다.

사실 이런 일이 벌어질 거라 생각하고 있었으니까.

"그걸 거부할 수는 없나요?"

―그러면 퇴출당할 거예요.

"그렇군요."

노형진은 잠깐 침묵을 지켰다.

그리고 천천히 되물었다.

"혹시 순번 같은 것도 있습니까?"

―순번요?

"네, 순번 같은 거요. 1등을 밀어준다고 하면, 다음 순위가 누가 되는지 알 수 있나요?"

―그거야…… 알아내려고 하면 알 수 있지만…….

"확실하게요?"

―확실한 건 아니에요. 저쪽도 내달릴 테니까.

"그러면 그들을 밀어내고 2등이나 3등 할 수 있는 방법은 없습니까?"

―실력이 좋은 아이들이 달리면 가능하죠.

"좋습니다. 그러면 이렇게 하죠. 그런 시합이 있으면 저한테 말씀해 주세요. 그리고 순위를 정해서 들어오세요.

―순위를 정해서 들어오라고요?

"네. 순위를 정할 수 없다면, 다른 선수들을 방해해서 어쟀건 그 순위에 맞추세요."

―벼…… 변호사님!

윤하선은 깜짝 놀랐다. 설마 노형진까지 그런 터무니없는 요구를 할 줄은 몰랐기 때문이다.

"어쩔 수 없습니다. 제 지론 중 하나가, 청소를 하려면 제 몸에 똥칠을 할 수밖에 없다는 겁니다. 그 순위에 맞추세요."

―그, 그런…….

"절 믿어 주십시오. 그러면 이번 기회에 확실하게 그들 파벌을 박멸할 수 있습니다."

윤하선은 한참 침묵을 지켰다.

―알겠습니다. 그렇게 할게요.

방법이 없었다.

여기서 물러나도 바뀌는 것은 없다.

물론 지금 상황이 마음에는 안 들지만.

"뭐래?"

통화를 끝내고 나자 손채림이 걱정스럽게 물었다.

"아무래도 압력이 심한가 봐."

"각오는 했잖아?"

"그렇지."

"그런데 굳이 순번까지 맞춰야 해?"

"그러면 배당이 달라지거든. 원래 경마도 복식은 배당이 훨씬 높아."

"그건 그런데……."

손채림은 왠지 안타깝다는 듯 전화기를 바라보다가 벌러 덩 누웠다.

"와, 그나저나 진짜 생각도 못 했다. 어떻게 도박을 무기 로 쓸 생각을 했냐?"

"후후훗."

노형진은 손채림을 보면서 씩 웃었다.

하긴, 자신이 생각해도 터무니없는 짓이다. 도박이라니.

"국제적인 이런 도박이 있다는 건 어떻게 알았어?"

"한국에도 스포츠 토토가 있는데 다른 나라라고 없겠어? 더군다나 국제 대회잖아. 당연히 있지."

스포츠 도박.

말 그대로 경기의 승패를 가지고 하는 도박이다.

그리고 지금 그들은 승패를 사전에 결정하고 거기에 맞추 기를 요구하고 있다.

"도박 사이트 입장에서는 결국 사기도박인 거지."

"하지만 그 사람들은 도박을 안 하잖아."

그들은 도박을 하지 않는다.

그저 자기 파벌을 불러오기 위해 그러는 것일 뿐이다.

"우리나라의 나쁜 점이 뭔지 알아?"

"뭔데?"

"돈만 주면 어떤 사람의 개인 정보라도 얻을 수 있다는 거야. 내가 왜 너한테 그 사람들 계좌를 알아 오라고 했을까?"

"거기에다 꽂아 주려고 하는 거잖아?"

"그렇지. 해외 사이트의 도박은 신분 확인이 그리 심하지 않거든. 뭐, 대리로 하는 경우도 많다 보니까."

노형진은 그렇게 말하면서 차트를 바라보았다.

얼마 후에 있을 국제 대회의 승률에 따른 차트가 떠 있었다.

"현재 한국의 배당 비율은 2.2배야."

높은 건 아니다.

그럴 수밖에 없다. 한국이야 스피드스케이팅 강국으로 소문이 나 있으니까.

"하지만 특정 선수를 지목하면 최대 5.3배까지 뛰지."

노형진은 그 선수 목록을 살펴봤다.

지금 들은 이야기를 바탕으로 판단을 한다면…….

"그나마도 그건 우승 가능성이 높은 윤하선 선수 기준이야. 다른 선수가 우승한다면…….'

그들이 말했던 선수의 배당률을 확인한 노형진은 씩 웃었다.

"13.3배야."

"헐…….'

절대로 낮은 배당이 아니다.

하지만 노형진은 그것만 노린 게 아니었다.

"그녀가 금메달을 딴다면 13.3배지. 하지만 복식으로 넘어가면 이야기가 달라져."

복식으로 넘어가면 맞힐 확률은 터무니없이 낮아진다.

그리고 노형진이 예상하는 대로 복식에서 승리할 경우…….

"배당률은 98배."

"컥."

손채림은 숨이 턱 막혔다.

98배의 배당률이라면 터무니없는 수준이다.

당장 100만 원만 넣어도 9,800만 원이 들어오는 셈이니까.

"한 구좌당 얼마나 넣을 건데?"

"500만 원쯤 넣으려고 하는데."

"500만 원?"

"응."

"야, 그러면…….."

한 사람당 5억 가까운 돈이 들어오는 셈이다.

"과연…… 저들이 무슨 말을 할지 두고 보자고, 후후후."

노형진은 씩 웃으며 결제 버튼을 눌렀다.

⚖

"젠장!"

쾅.

휴게실 안으로 들어온 남자 선수가 화를 참지 못하고 벽을 차며 씩씩댔다.

"그러다 다친다."

"그게 대수예요! 어차피 나 올림픽 출전은 물 건너갔는데!"

남자 선수는 억울했다.

실력에는 자신이 있었다.

하지만 파벌이 아니라는 이유로 그는 철저하게 배제되었다.

그리고 파벌 선수가 금메달을 따게 하기 위한 도구로 이용되었다.

"이번에 은메달만 땄어도! 난 나갈 수 있다고요!"

그래서 감독에게 무릎을 꿇고 빌었다.

금메달도 안 바란다. 은메달, 딱 은메달 하나만 딸 수 있게 기회를 달라.

하지만 결과는, 감독의 파벌이 금메달부터 동메달까지 모조리 쓸어 가게 하는 것이었다.

"어쩔 수 없잖아."

윤하선은 포기한 듯한 얼굴이었다.

"무슨 방법을 찾았다면서요!"

"모르겠다…… 내가 방법을 찾은 건지."

윤하선은 우울하게 말했다.

방법을 찾았다고 생각했다.

그런데 노형진은 괴상한 요구만 하고 정보만 캐 갈 뿐, 딱히 뭔가 일을 하지도 않고 고발도 하지 않았다.

고발을 했다면 이미 협회가 뒤집어졌어야 정상이지만 주변은 조용하기만 했다.

"나 은퇴해야겠어요."

"야! 하지만……!"

"그러면요? 선배는 방법 있어요?"

"그건 아니지만……."

"차라리 지금이라도 은퇴하고 다른 일을 찾아볼래요. 아직 젊으니까…… 뭐라도 배우면……."

말을 흐리던 남자 선수는 고개를 숙였다.

평생의 꿈을 버린다는 게 쉬운 일은 아니니까.

"하아……."

결국 대회는 그렇게 끝났고, 파벌 소속들만 메달을 잔뜩 따 가지고 집으로 금의환향할 수 있게 되었다.

자신들은 그저 버려진 채로 끌려갈 테고.

"젠장."

딩동.

"응?"

한편, 분위기가 최악을 달리는 비파벌 소속의 선수들과 다르게 파벌 소속의 선수들은 분위기가 좋았다.

금메달부터 동메달까지 자신들이 싹쓸이했으니 좋지 않을
수가 없었다.

물론 다른 나라 선수들이 가지고 간 메달도 없는 것은 아
니지만, 그래도 충분할 만큼 모았다.

그래서 다들 기분이 좋았다.

비파벌 선수들이 비참해하든 말든, 일말의 양심의 가책도
느끼지 못하는 듯한 모습이었다.

하지만 어느 순간 미친 듯이 울리는 알림 소리에 다들 당
황하기 시작했다.

딩동, 딩동, 딩동, 딩동.

"응?"

"어? 뭐야?"

"이게 뭐지?"

핸드폰에서 울리는 소리.

그게 축하 문자라고 생각한 선수들은 그 알림 소리의 정체
를 확인하고 당황했다.

"뭐? 5억? 뭔 소리야?"

"어…… 어? 나는 4억인데?"

"어…… 언니? 저 8억이 들어왔어요……. 이게 뭐예요?"

"어어?"

자신들의 계좌로 들어오는 억 단위의 돈.

그걸 보고 다들 당혹했다.

"뭐지? 협회에서 벌써 상금을 주나?"

"무슨 상금이 억 단위야? 그리고 협회는 상금에서 30%를 떼 가지 지금까지 준 적은 없잖아."

"그건 그렇지만……. 그럼 이건 뭐야?"

다들 당황하자 윤하선을 비롯한 비파벌 선수들도 저마다 핸드폰을 확인했다.

혹시나 하는 마음에서였다.

그러나…….

"우린 개털이네."

"와, 이제 대놓고 나가라는 거구나."

누군가에게는 억 단위의 돈이 무차별적으로 들어오는데 자신들에게는 천 원 한 푼 안 주는 협회의 행동에 다들 치를 떨었다.

쾅!

그러나 상황은 묘하게 굴러가기 시작했다.

창백한 얼굴의 감독이 문을 박차고 대기실로 들어온 것이다.

그리고 핸드폰을 들고 있는 선수들을 보고 얼굴이 딱딱하게 굳었다.

"너희도 문자 받았어?"

"네? 무슨 문자요?"

"너희들 말이야! 입금 문자 받았냐고!"

"네. 그런데 왜요?"

"이거 협회에서 주는 거예요? 뭔 돈이 있어서 이렇게 돈을 준대요?"

"협회가 아니야!"

"네?"

"씨발, 일이 터진 거야! 야, 당장 짐 싸! 어서! 나가야 해!"

"네?"

"짐 싸라고! 아니, 너희는 그냥 나와! 나머지 너희들! 남아서 이거 다 정리해서 가지고 와!"

자기 파벌 소속 선수들만 데리고 후다닥 나가 버리는 감독.

그 서슬에 윤하선은 어리둥절해졌다.

"도대체 무슨 일이 벌어지고 있는 거야?"

"왓 더……."

카리스는 친구의 정보에 눈이 돌아갔다.

"이게 사실이야?"

"그래. 이거 때문에 지금 회사에서도 말이 많아. 이럴 수가 없다는 거지."

"총지불금이 얼만데?"

"대략 8천만 달러. 역대 최대 지불금이지."

"미친……."

카리스의 친구는 국제적 인터넷 스포츠 도박 기업에서 일하고 있다.

한국에서는 불법이지만 다른 나라에서는 합법인 경우가 많고, 심지어 그 금액이 어마어마하다.

이번에 벌어진 국제 동계 대회 역시 그들이 성적에 따라서 도박 자금을 지불해야 한다.

"말이 안 된다고. 이런 도박이 어디에 있어?"

"도대체 그 녀석들 투자금이 얼만데?"

"아직 조사해 보는 중이야. 하지만 대충 조사해 보면 100만 달러 정도 되는 모양이야."

"100만을 투자해서 8천만 달러? 그게 가능해?"

"그러니까 미칠 노릇이지. 이게 가능할 리 없잖아? 어떤 놈은 복식으로 다섯 번을 맞혔다고. 내가 그 정도 능력이 있으면 그냥 점집을 차리지."

"복식으로 다섯 번?"

"그럴 확률이 얼마나 될 것 같아? 60억분의 1 이하야."

물론 확률적으로 말이 안 된다.

전 세계 인구가 그 숫자가 안 되니까 사실상 말도 안 되는 수치인 셈이다.

"터무니없기는 한데."

"더 터무니없는 게 뭔지 알아?"

"뭔데?"

"맞힌 것들, 다 한국 경기야."

"뭐?"

"다 한국 경기라고."

"그게 무슨 소리야?"

"다른 경기에서는 그 비율이 안 나와. 사실 평균 수치 정도밖에 안 나오지. 그런데 그들이 이긴 경기는 모조리 한국 경기야."

"그들?"

"그래."

"잠깐, 그들이라고?"

"대략 삼백 명 정도 되는 사람들이 의심받고 있어."

카리스는 등골이 서늘해졌다.

무려 삼백 명이다.

그런데 아까 뭐라고 했던가? 확률이 60억분의 1이라고 하지 않았던가?

"삼백 명이나 되는 사람들이 한꺼번에 그런 식으로 이긴다고? 그게 가능해?"

"빅뱅이 눈앞에서 터졌는데 살아남을 확률보다 훨씬 낮지."

"그런데 어떻게……?"

"그래서 본격적으로 조사하고 있어."

"하지만 한국인이라며?"

"그래서 더 문제야."

"뭐가?"

"그 최고 배당률 가지고 간 사람이 누군지 알아? 다른 사람은 모르지만 그 사람이 누군지는 알지."

"누군데?"

"한국동계협회 부회장."

아까는 소름이 돋았다면 이번에는 온몸의 피가 한꺼번에 얼어붙는 느낌이었다.

"그리고 큰돈을 번 사람들은 다 그쪽과 관련이 있는 것 같아."

"그걸 어떻게 알아?"

"그냥 느낌이 그래."

"느낌……."

문득 한국 출신 기자에게 들었던 말이 생각났다.

한국에서 동계협회의 힘은 어마어마해서, 그들의 말을 듣지 않으면 무조건 퇴출이라고.

심지어 올림픽 금메달리스트도 퇴출된다고 한다.

그래서 선수들은 그들의 말을 들을 수밖에 없다고.

"왜 그래?"

"아니, 사실은……."

카리스는 기자에게 들은 이야기를 그대로 전해 줬다.

그러자 친구의 손이 덜덜 떨렸다.

"카리스, 너 그게 무슨 뜻인지 알아?"

"알지⋯⋯."

기자가 모를 리가 있는가?

"어쩌면 이거⋯⋯ 인류 역사상 가장 큰 승부 조작 사건일 지도 모르겠어."

⚖

한국동계협회는 난리가 났다.

갑자기 들어온 어마어마한 돈.

그 돈이 뭔지 채 이해하기도 전에 기자들이 들이닥쳤기 때문이다.

당연하게도 선수들은 귀국 축하고 뭐고 다 취소되고 숙소에 감금되었다.

"언니, 이게 뭔 일이래요?"

"나도 모르겠다. 도대체 뭐가 어떻게 되어 가는 거지?"

"아니 근데, 우리 핸드폰은 왜 다 빼앗아 간 거예요?"

"TV는 또 왜 빼 간 거고?"

진짜 숙소에 아무것도 안 남기고 모조리 털어 갔다.

심지어 밥조차 도시락으로 챙겨 주고 있었다.

원래는 선수용 식당에 가서 먹어야 하는데, 선수용 식당은 커녕 외부에 있는 샤워 시설도 쓰지 못하게 했다.

그나마 방 안에 화장실이 있어서 다행이지만.

'설마…….'

무슨 일이 벌어지고 있는지 모르는 상황이었지만, 윤하선은 노형진이 뭔가를 했을 거라 생각했다.

하지만 무슨 수로?

'그 돈……?'

갑자기 들어왔다고 하던 그 돈.

그 돈 때문에 뭔가 있는 것 같기는 하지만, 이내 말도 안 된다는 생각에 그녀는 머리를 흔들었다.

노형진이 뭐가 아쉬워서 그들에게 몇억씩이나 준단 말인가?

"아는 거 없어?"

"알 방법이 전혀 없잖아."

다들 고민하는 사이에 후배 하나가 슬며시 손을 들었다.

"저기……."

"응? 왜?"

"저, 핸드폰이 하나 있기는 한데…….."

"뭐? 다 빼앗아 갔잖아!"

다들 깜짝 놀랐다.

갑자기 감독이 달려와서 다짜고짜 핸드폰을 모조리 빼앗아 갔는데 핸드폰이 있다고?

"아…… 그게요…….."

"말해 봐. 우리도 바깥 상황을 알아야 대책을 세우지."

"다른 사람한테는 말하면 안 돼요."

만일 감독에게 알려지면 퇴출될까 두려워 그녀는 벌벌 떨었다.

하지만 그럴 일은 없었다.

다행히 차별하느라고 자기 파벌이 아닌 사람들은 따로 방을 쓰게 했으니까.

"말 안 해. 괜찮아."

"사실은 얼마 전에 핸드폰을 바꿨어요."

"반납하지 않은 거야? 보통 핸드폰을 바꾸면 반납하잖아."

"그거, 오빠가 군대에서 돈 모아서 사 준 거예요. 그래서 차마 반납할 수가 없더라고요."

"아……."

힘들게 번 돈으로 사 준 물건인 만큼 더욱 소중했을 것이다. 그래서 반납하지 않고 가지고 있었던 것이고.

"하지만 그러면 작동하지 않잖아? 해지되지 않았어?"

"하지만 와이파이는 될걸요."

"아!"

전화와 데이터 사용은 안 되겠지만 와이파이는 충분히 사용이 가능하다.

다행히 이곳은 선수들이 사는 숙소.

와이파이가 기본적으로 깔려 있다.

"너 가서 혹시 누가 오나 봐 봐."

"아, 언니!"

"좀 해라. 금방 교대해 줄게."

"알았어요."

핸드폰을 꺼내는 사이 후배 하나가 혹시나 하는 마음에 복도를 감시했고, 핸드폰 앞에 옹기종기 모인 선수들은 그 작은 물건에 매달렸다.

방전되어 있어서 충전을 해야 하는 그 짧은 시간이 마치 영겁처럼 길었다.

"어…… 켜진다."

"패턴, 패턴."

다급하게 잠금을 푼 선수는 조심스럽게 검색창을 열었다.

처음에는 당연히 뭐라도 검색을 해 보려고 했다.

하지만 그럴 이유가 없었다. 메인에 떡하니 박혀 있는 헤드라인이 그들의 뒤통수를 강하게 후려쳤기 때문이다.

"이런 미친! 이 새끼들 미친 거 아냐?"

윤하선은 입을 쩍 벌렸다.

헤드라인을 보고 있자니 세상이 어지럽게 빙빙 돌아가는 것처럼 느껴질 지경이었다.

⚖

동계협회, 800억대 승부 조작

"이게 어떻게 된 겁니까!"

부회장은 정신이 나간 얼굴이었다.

그뿐만이 아니다.

그가 속한 파벌 관련자들과 선수들, 심지어 파벌의 근간인 학교까지 모조리 엮여 들어갔다.

"모르겠습니다. 갑자기 800억이라니요!"

코치도 감독도 어쩔 줄 몰라 했다. 이사들도 당황해서 죽을 것 같았다.

기자들은 아예 건물 앞에 죽치고 있었고, 회장은 세계동계협회로 불려 간 후 소식이 없었다.

"누가 이런 미친 짓을 한단 말입니까!"

"모르겠습니다."

"그러면 그 돈을 투자한 건 누구예요!"

"그것도 저희는 잘……."

"이것도 모른다, 저것도 모른다! 그럼 어쩌자는 겁니까!"

하지만 그들로서도 억울하다.

정말 아무것도 모르고 있다가 갑자기 당했으니까.

"뭐가…… 잘못 들어온 거 아닐까요?"

"지금 장난해요?"

세계적인 스포츠 도박 기업이 계좌 수백 개를 착각해서 입금을 한다?

말도 안 된다.

한두 개라면 모르지만, 수백 개다.

"위에서는 뭐랍니까?"

"연락이 안 됩니다."

"큭."

이 자리를 지키기 위해 만들어 둔 공고한 카르텔.

하지만 지금 상황에서 그들은 자신들과의 접촉을 거부하고 있었다.

당연하다.

역대 최악의 승부 조작 의혹을 받고 있다.

한 나라의 스포츠 단체가 나서서 승부 조작을 했다는 것은, 세계가 뒤집어질 일이다.

"당장 부정해야 합니다. 우리가 승부 조작을 했다니요! 무슨 말도 안 되는 소리입니까?"

누군가 다급하게 말했다.

당장 기자회견을 통해 승부 조작은 거짓이라고 주장하자는 것이다.

하지만 감독은 조심스럽게 만류하는 말을 꺼내야 했다.

"하지만 이사님……."

"뭐요, 김 감독!"

"조작한 건 사실입니다."

"무슨 소리야! 우리가 언제 조작을 했어!"

"우리 파벌로 금메달을 밀어주라고……."

그 사실을 미처 생각하지 못했던 이사들의 얼굴이 사색이 되었다.

생각해 보니 그렇다.

자신들이 도박 사이트에 돈을 넣은 적은 없지만, 그렇다고 승부 조작을 안 한 것은 아니다.

분명히 그 사이트에서 나온 돈은, 자신들이 조작한 승부가 그대로 이루어진 덕에 나온 금액이니까.

"이런 미친⋯⋯."

입이 쩍 벌어지는 사람들.

부회장은 다급하게 감독을 붙잡았다.

"그 연놈들은 어디에 있습니까?"

"일단은 모두 숙소에 가둬 놨습니다."

"절대로 누구도 만나게 해서는 안 됩니다. 승부 조작했다는 말이 새어 나가면 우리는 다 죽는 겁니다."

"걱정하지 마십시오. 핸드폰이고 뭐고 다 빼앗아서 가둬 놨습니다."

"그 녀석들한테 당장 경고하세요, 이 바닥에서 퇴출되기 싫으면 입도 뻥끗하지 말라고! 승부를 조작했다는 사실이 새어 나가면 우리는 끝장이에요! 다 죽어요!"

"알겠습니다."

감독은 비장하게 고개를 끄덕거렸다.

그러나 그들은, 다른 사람들이 바깥에서 기다리고 있다는 사실은 전혀 생각하지 못했다.

⚖️

─그 녀석들한테 당장 경고하세요, 이 바닥에서 퇴출되기 싫으면 입도 뻥끗하지 말라고. 승부를 조작했다는 사실이 새어 나가면 우리는 끝장이에요! 다 죽어요!

"아주 끝내주게 떠드는구먼."
그들이 말하는 것은 실시간으로 녹음되고 있었다.
"거기에 도청기까지 심어 둘 생각을 하다니, 무서운 놈."
"무섭기는 무슨. 뻔한 거 아냐? 일이 터졌는데 그놈들이 집에서 회의하겠어, 아니면 외부에 나가기를 하겠어?"
결국 그들이 모여서 회의할 수 있는 공간은 뻔하다.
"그리고 선수촌은 다중 사용 시설이거든."
즉, 누가 들어가서 도청 장치를 하나 다는 것은 그다지 어려운 일이 아니라는 것이다.
평소에는 심각한 이야기가 오가거나 국가 기밀이 다루어지는 장소가 아니니까.
더군다나 동계 스포츠 쪽은 대부분 대회에 나가고, 안 나가는 선수들도 경기를 보느라 정신이 없으니, 슬그머니 들어가서 도청기 설치하고 나오는 것은 식은 죽 먹기였다.

"그런데 왜 선수들은 가두어 둔 거야?"

"이놈들이 스스로 말했잖아, 승부 조작한 걸 걸리면 안 된다고."

"설마?"

"조작의 혜택을 본 자기네 파벌이 신고하지는 않겠지. 하지만 조작으로 피해를 본 사람들이 이 기회를 이대로 넘기려고 할까?"

"아하!"

기자회견이라도 한번 하면 그날로 자기들은 끝장나는 것이다.

"결국 그들이 지금 선택할 수 있는 길은 하나뿐이지. 뭐, 그들뿐만 아니라 누구라고 하더라도 말이야."

일단 다른 사람들과의 접촉을 무조건 막고 좋게 말하면 설득, 나쁘게 말하면 협박을 하는 것은 썩은 집단의 공통점이었다.

"초고속 몸살감기 같은 거야."

"응?"

"그런 게 있어, 후후후."

미래에 벌어질 일이다.

아니, 이제는 모를 일이지만, 하여간 벌어졌던 일이다.

올림픽에서 왕따 논란이 터지자 협회는 그런 게 아니라고 하면서, 정작 피해 선수는 몸살감기로 나오지 못했다고 했다.

그러나 움직이지 못할 정도로 아프다던 선수는 다음 날 멀쩡하게 다른 시합에 출전했다.

"그래서 내가 이분들을 모시고 온 거지."

노형진은 고개를 돌려서 버스를 바라보았다.

그곳에는 비주류에 속하는 선수들의 부모님들이 타고 있었다.

"저분들은 지금 속이 시커멓게 타고 있을 거야."

혹시나 이번 일로 인해 자식들에게 피해가 갈까 하는 두려움에 벌벌 떨고 있을 것이다.

"그러니 당장 자녀들을 만나고 싶겠지."

하지만 어째서인지 선수들은 나오지 못하고 있었다.

그러나 부모들이 그들을 만나러 가는 것을 법적으로 협회가 막을 권한은 없다.

"자, 들어가자고."

가족들이 천천히 선수촌 안으로 들어가자 갑자기 직원들이 튀어나와서 입구를 막았다.

"무슨 짓입니까!"

"당신들 뭐야!"

"출입 금지야!"

"우리는 선수들 부모입니다. 우리 애들과 연락이 안 돼서 그래요!"

"한 번만 만나게 해 주세요!"

부모들의 말에 직원들은 당황했다.

하지만 그럴 수는 없다.

위에서 누구와도 만나지 못하게 하라고 했으니까.

"안 됩니다!"

"제발요!"

"안 된다면 안 돼요! 돌아가세요!"

실랑이를 하는 부모들과 직원들을 보던 노형진은 앞으로 나서면서 그들을 진정시켰다.

"누구십니까?"

"이번에 가족분들에게 선임된, 노형진이라는 변호사입니다."

"그런데요?"

"왜 못 만나게 하나요? 시합은 끝났고, 과거에는 시합이 끝나면 집으로 보내 주셨잖습니까?"

"그건 그때고요."

"그래요?"

노형진은 피식 웃었다. 그리고 등 뒤를 가리켰다.

그제야 가족들에게 신경 쓰느라고 못 보고 있던 걸 본 직원들은 입술을 깨물었다.

"혹시 만나서는 안 되는 무슨 이유라도 있는 겁니까?"

"……."

그들은 뭐라고 말할 수가 없었다.

기자들이 앞에 있는데 뭐라고 한단 말인가?

"그러고 보니 이상하게 우리가 만나러 가려는 선수들이 죄다 탈락했던데."

"그건 그 사람들이 잘 못해서 그런 거고!"

"그러니까요."

그걸 반박할 생각은 없다.

하지만 그걸 이용할 생각은 아주 많다.

"부모가 고생한 자녀를 위로하는 건 불법이 아니잖아요? 왜 못 만나게 합니까?"

"큭."

말을 하면 할수록 결국 헤어 나올 수 없는 함정에 더 깊이 빠진다는 사실을 깨달은 직원들은 입을 다물었다.

그러자 노형진은 웃었다.

'입을 다물면 피할 수 있는 사건인 것 같냐? 후후후.'

이런 일이 한두 번도 아니었으니까.

그들이 아니더라도 말할 사람은 많았다.

⚖

―협회 내부에서 승부 조작은 비일비재했어요. 특히 자기 라인이 아니라면 같은 파벌이라고 해도 가차 없었죠.

―방법이 없어요. 저항하면 그다음 날 선수촌을 나가야 했어요.

이것이법이다

그들은 그 선수들 입을 막았으니 됐다고 생각했지만, 사실 승부 조작은 지금까지 비일비재한 일이었다.

당연히 그만둔 선수들의 입을 통해 온갖 이야기가 흘러나왔다.

―승부 조작이 없는 건 아니겠지만, 이 정도로 돈에 눈먼 줄은 몰랐네요.

인터넷으로 뉴스를 보던 노형진은 화면을 꺼 버렸다.

"이 상황에서도 공중파는 이미 나온 선수들을 찾아가지 않았네."

"당연한 거 아냐? 공중파라고 그들하고 안 붙어먹었겠어?"

"응?"

"대회를 중계하고 그들의 일거수일투족을 촬영하는 게 누군데?"

"아……."

눈치 빠른 사람들이라면 촬영본을 보고 이상한 것을 알아차렸을 수도 있다.

이런 상황에서 시합 전에 하하 호호 할 리 없으니까.

"하지만 어째서인지 그런 장면은 단 한 번도 안 나갔지."

"알아서 자른 거네."

"그러니까."

하지만 인터넷 방송국은 아니다.

애초에 그들은 대회 중계 자격도 없다. 그러니 가차 없이 이미 나온 선수들과 인터뷰할 수 있었다.

"죽여 달라는 소리가 절로 나오겠는데?"

"벌써부터 그러면 안 되지."

"그래도 손해 보는 건 아니지 않을까?"

"응?"

"어찌 되었건 돈을 800억이나 챙겼잖아. 완전 큰 거 한 방 아니야?"

노형진은 키득거렸다.

"큰 거 한 방이라……. 맞아. 큰 거 한 방 한 거지. 하지만 우리 쪽도 아직 큰 거 한 방 남아 있거든, 후후후."

그리고 그 한 방이 제법 아플 거라는 걸, 노형진은 확실하게 알고 있었다.

집단의 몰락

"이게 무슨 말입니까?"

"선수들 내보내세요."

경찰의 말에 직원들은 얼굴이 사색이 되었다.

"경찰이 무슨 권한으로요!"

"선수들의 가족들이 협회를 감금 혐의로 고발했습니다."

"가…… 감금요?"

"네."

"아닙니다. 그들은 부족한 실력을 채우려고 자발적으로 있는 겁니다."

"그래요? 그러면 기자들과 한 번만 만나게 해 주시면 되겠네요."

뒤에서 깐죽거리면서 나타나는 노형진을 보고 직원들은
부들부들 떨었다.

　　"너…… 넌……!"

　　"네, 변호사죠. 보고 들으셨죠?"

　　"이…… 개……."

　　"경찰 앞입니다. 모욕죄로 한 번 더 보고 싶으세요?"

　　"……."

　　경찰을 상대하던 직원은 속이 터지는 것 같았다. 하지만
말을 할 수가 없었다.

　　경찰도 한숨을 푹 쉬었다.

　　"이건 어쩔 수가 없어요. 이건 감금이 맞습니다."

　　"자발적이라니까요!"

　　"그건 저희가 만나서 판단해야 하구요."

　　"……."

　　절대 그럴 수는 없다.

　　자발적이기는커녕, 선수들은 아무것도 없는 곳에서 다 식
은 도시락만 받아먹으며 갇혀 있다.

　　그나마도 도시락을 단체로 배달시키면 의심받을까 봐 편
의점 도시락만 며칠째 주고 있었다.

　　훈련을 하지도 못하고, 뉴스도 보지 못했다. 그저 방에 갇
혀 있을 뿐이었다.

　　"진짜로 경찰 중대를 데리고 오는 수가 있습니다."

경찰은 어쩔 수 없다는 듯 최후통첩을 했다.

상황을 모르지는 않는다. 오히려 상황을 너무 잘 알기에 감금이라고 확신하고 있다.

"만나게 해 주시든가, 아니면 경찰 중대 부르시든가."

노형진도 최후통첩을 했다.

"이건 무단이탈이 됩니다!"

"무단이탈은 아니죠. 훈련장을 넘어가지 않았으니까."

무단이탈.

선수들이 가끔 아무런 이유도 없이 훈련장에서 벗어나는 행위.

프로의 세계에서는 심각한 행위로 받아들여지는 일이다.

하지만 이 경우는 무단이탈이 아니다. 될 수가 없다.

'젠장······.'

직원은 진땀을 흘렸다.

아무리 변명한다고 해도 이 상황을 벗어나는 것은 불가능하다는 걸 그 또한 어렴풋하게 느끼고 있었다.

"위에다가 이야기해 보도록 하겠습니다."

결국 그가 할 수 있는 최대한의 저항은 그 정도였다.

하지만.

"그러면 바로 전화해 보세요."

"네?"

"바로 전화해 보시라고요."

"그건……."

"뭐, 보고서 작성해서 결재까지 받으시려고?"

위에 이야기한다고 하고 뒤로는 사건을 무마하려 한다는 것을, 노형진은 모르지 않았다.

"지금은 21세기입니다. 이런 면회 가부 정도는 전화로 물어볼 수 있잖습니까? 군대에서도 그러는데, 설마 여기서 못 할 리는 없을 텐데요?"

"……."

"지금 해 보세요. 아니면 못 들어가게 해야 하는 이유라도 있는 겁니까?"

경찰이 무서운 눈빛으로 말하자 직원은 어쩔 수 없이 전화를 들었다.

"부회장님, 접니다. 사실은 면회가 와서 그러는데요."

진땀을 흘리면서 말하는 직원.

그 순간 노형진이 앞으로 슬쩍 나섰다. 그리고 잽싸게 그의 손에서 핸드폰을 낚아챘다.

"어어어?"

어찌나 빨랐는지, 직원은 저항할 틈이 없었다.

그리고 그의 말이 끝나기도 전에 노형진은 핸드폰을 스피커폰 상태로 돌렸다.

-누구를 만나? 너 이 새끼 미쳤어? 지금 누구를 만나게 하겠다는 거야! 다 죽을 일 있어? 절대 못 만나게 해! 우리가

승부 조작한 거 새어 나가면 다 끝이야, 이 새끼들아!

스피커폰을 통해 울려 퍼지는 우렁찬 목소리.

순간 전화기를 빼앗긴 직원은 물론, 뒤에 서 있던 다른 직원들도 모두 당황해서 얼굴이 노래졌다.

"아이고, 그러십니까?"

명백하게 빈정거리는 목소리.

수화기 너머에서 그 말을 들은 순간 부회장은 당황했다.

자신이 아는 직원의 목소리가 아니었으니까.

─너 누구야!

"아, 저는 변호사입니다. 그리고 지금은 스피커폰 상태구요."

전화기에서는 더 이상 아무런 말도 들리지 않았다.

그리고 잠시 후 바로 뚝 끊어졌다.

"이런, 끊어졌네."

경찰은 어이가 없다는 듯 전화기를 바라보다가 직원들에게로 시선을 돌렸다.

"더 막을래요, 아니면 밀고 들어갈까요? 이건 누가 봐도 감금인데."

"아니…… 그게…….."

어쩔 줄 모르는 직원들.

노형진은 그들에게 천천히, 부드럽게 말했다.

"어차피 이건 다 끝났어요."

"다 끝나다니……."

"아까 스피커폰이라고 이야기했잖아요. 우리가 핸드폰을 강제로 빼앗아서 스피커폰 상태로 돌린 거라고 사실대로 말해도, 설마 그 인간이 그걸 믿을까요?"

직원들은 얼굴이 사색이 되었다.

그걸 믿을 리 없다. 그렇다면…….

"배신자가 되신 걸 축하드립니다."

"우으……."

전혀 예상하지 못한 상황에 어쩔 줄 몰라 하는 직원들.

"어떻게, 몰락하는 파벌과 함께 침몰하실래요, 아니면 배에서 뛰어내릴래요?"

"뭐라고요?"

"그들 파벌은 퇴출을 피할 수 없지요. 그러나 여러분은 동계협회 소속 직원입니다, 그 파벌 소속이 아니라. 다시 말해서 여러분들이 정상적인 선택을 한다면 이번 사태로 피해를 입을 일은 없다는 거죠."

이번에 집단 승부 조작을 벌인 것은 특정 파벌이지 일개 직원인 그들이 아니다.

당연히 파벌에 대한 대대적인 징계가 이루어지겠지만, 운동선수가 아니라 일개 고용인일 뿐인 그들에게는 아무런 문제도 될 게 없다.

"하지만 그들 파벌의 명령에 따라서 움직인다면 이야기가 달라지지요."

"이야기가 달라진다…….”

"네, 그때는 명백하게 공범이 됩니다. 그리고 보니 여러분들은 그 승부 조작으로 돈 번 것도 없잖습니까? 번 돈도 없는데, 억울하지 않으세요?”

직원들은 서로를 돌아보았다.

맞는 말이다.

자신들은 돈은커녕 그에 대해서도 전혀 알지 못한다. 그런데 그 책임을 같이 진다?

"어떻게 하시겠습니까?”

직원들은 몸을 돌렸다.

"숙소는 이쪽입니다.”

⚖️

-국제 대회에서 승부 조작을 통해 돈을 번 것은 잘 모릅니다. 하지만 승부 조작이 벌어진 것은 사실입니다. 감독님께서는 저희들에게 정해진 순위로 들어오라고…….

감옥, 아니 숙소에서 나온 선수들은 상황을 알고 당혹감을 감추지 못했다.

윤하선은 같은 방에 있던 선수 중 한 명이 몰래 핸드폰을 가지고 있어서 대충 상황을 알았지만, 다른 방에 있던 사람들은 전혀 감도 잡지 못했기 때문이다.

　그리고 그들이 나왔을 때, 세상에서는 말 그대로 '개벽'이
이루어지고 있었다.

　-이번에 불거져 나온 승부 조작은 이미 지난 몇 년에 걸쳐 이루
어져 왔습니다. 소위 '짬짜미'라고 불렸으며…….

　뉴스를 보던 노형진은 TV를 끄고 몸을 돌려서 윤하선을
바라보았다.

　"기분이 어떠세요?"

　"묘하네요."

　피해 운동선수들의 대표로서 기자회견을 한 윤하선은 묘
한 표정으로 노형진을 바라보았다.

　"이 정도로 일이 커질 줄은 몰랐어요."

　"그럴 겁니다. 다른 곳도 아니고 체육 협회에서 승부 조작
을 해서 그렇게 큰돈을 벌어 갈 거라고는 누구도 생각하지
못했을 테니까요."

　노형진은 고개를 끄덕거렸다.

　"이거…… 노 변호사님이 하신 일이에요?"

　윤하선은 미심쩍다는 듯 물었다.

　노형진은 그저 웃을 뿐이었다.

　그래도 시선이 떠나지 않자 그는 작게 그녀에게 말했다.

"세상에는 모르는 게 약인 경우도 있습니다."

"모르는 게 약?"

"네. 누가 승부 조작을 했는지 알아 봤자, 하선 씨만 피곤하잖습니까?"

"그건 그런데……."

윤하선은 잠깐 고민하다가 고개를 끄덕거렸다.

노형진의 말이 맞다.

지금 고마우면 최선을 다해서 재기하면 되는 것이다.

"고맙습니다."

"윤 선수도 고생이 많으셨습니다."

노형진은 그런 그녀를 다독거렸다.

그녀라면 아마 얼마 지나지 않아서 국가 대표 감독들의 빈자리를 메꾸고도 남을 것이다.

'지금이야 평범한 선수 중 한 명일 뿐이지만…….'

노형진은 그녀의 손을 잡고 미소 지었다.

이런 사실은 새어 나가면 좋지 않다.

도리어 그녀가 승부 조작의 혐의를 받고 쫓겨날 수도 있다.

그녀 역시 피해자 중 한 명이지만, 사전에 알고 있었던 것은 사실이니까.

그녀와 다른 선수들이 살아남기 위해서는, 승부 조작 도박에 대해서는 아무것도 몰라야 한다.

"이제 그들은 끝장나겠네요."

말없이 미소 짓는 노형진을 물끄러미 바라보며 윤하선은 조심스럽게 말했다.

다른 것도 아니고 스포츠계에서 가장 문제가 되고 심각하게 생각되는 스포츠 도박.

그걸 거의 국가 차원에서 끼어들어 조작했으니, 다른 국가들이 좋게 볼 리 없다.

"아마 한국동계협회는 세계동계협회에서 제명될 겁니다."

"단순히 제명이 끝이야?"

노형진의 말에 손채림은 갸웃했다.

물론 한국에서 제명이라는 건 무서운 처벌이다.

그러나 국제사회에서도 제명이 과연 무서운 처벌인지는 모를 일이다.

"무서운 거죠."

손채림의 말에 윤하선은 부르르 떨었다.

"그들이 휘두르던 무기가 없어지는 셈이니까요."

"그래요?"

"네. 비유하자면, 이제 그놈들은 동네 깡패만도 못한 신세가 되는 거예요."

한국에서 제명이 무서운 이유는 간단하다.

그들에게 제명당하면 국제 대회에 나가지도 못할뿐더러, 메달을 따는 것이 불가능해짐은 물론 선수로서의 미래도 끝장이 나기 때문이다.

"그들이 그렇게 할 수 있었던 것은 그들이 출전권을 가지고 있기 때문이에요."

자기 파벌을 출전시킬 수 있는 방법은 별로 없지만, 자기 파벌이 아닌 자들의 출전을 막을 방법은 무궁무진했다.

그들이 국제단체로부터 선수 선발권과 출전권을 받기 때문이다.

"하지만 제명되면 그들 마음대로 할 수가 없게 되지."

물론 동계협회 자체가 통째로 제명되지는 않을 것이다.

그럴 수가 없다.

구조를 보면 세계동계협회 산하에 가까운 개념이다.

세계동계협회에서 한국의 선수를 출전시키기 위해서는, 누군가는 한국에서 그들을 선발해야 한다.

"하지만 세계동계협회 입장에서는 그들에게 권한을 줄 수가 없지."

다른 것도 아니고 국제 대회에서 인류 역사상 최악의 승부 조작을 일으킨 놈들에게 누가 권한을 주겠는가?

"그런데 한 가지 이해가 안 가는 게 있어요."

"네?"

"그들이 어떻게 다른 해외 도박 사이트에 돈을 넣은 거죠? 그러고는 자신들이 하지 않았다고 주장하고 있잖아요?"

물론 윤하선은 지금 노형진이 뭔가 했다는 것을 추측하고 있다.

깊이 파고들 생각은 없다곤 하지만, 여전히 미스터리였다.

"국제 사이트는 도박할 때 신분 확인하는 것이 쉽지 않지요."

"그래요?"

"네. 각 나라마다 신분을 확인하는 제도가 다 다르니까요."

당연히 그 나라에 맞춰서 가입 방법이나 접속 방법을 다르게 할 수는 없다.

"더군다나 구조적으로 도박이라는 건 특수한 경우가 아니면 운영자가 돈을 따게 되어 있어요."

지금같이 미친 경우만 아니면 말이다.

그러니 그들은 신분을 확실하게 알 필요는 없다.

"제일 중요한 건 계좌예요. 받을 수 있는 계좌만 안다면, 어지간하면 받아 주죠."

손채림은 왠지 알 듯 모를 듯 한 미소를 지었다.

"뭐, 계좌라는 게 구하기 쉬운 것은 사실이지만……."

어깨를 으쓱하는 손채림.

하긴, 쉬운 일이기는 했다.

"그런데, 그래도 그 돈이 어디서 나온 건지 이해가 안 가요."

"안 가긴요. 정부에서 이번에 세무조사 하면 아마 그 돈의 출처가 나올 겁니다."

"아…… 그렇겠네요."

윤하선은 고개를 끄덕거렸다.

그들이 해 처먹은 게 매년 수십억은 될 테니, 도박 자금 마련 정도야 그다지 어렵지 않았을 것이다.

"아주 좋은 계획이죠. 출처를 알 수 없는 돈 그리고 계좌 번호만 있으면 가입할 수 있는 사이트. 혹시나 걸려도 함정에 빠진 거라고 하기 딱 좋은 곳이죠."

"아마 그리 욕심을 부리지 않았다면 안 걸리지 않았을까? 호호호."

손채림은 신나게 웃었다.

사실 노형진도 손채림도 모르는 게 있었다.

그들이 실제로 그 사이트를 이용하고 있었던 것 말이다.

그들은 승부를 조작하면서 걸리지 않게 조금씩 도박해서 돈을 따 왔다.

그런데 이번에 대대적으로 발각되면서 관련자 전원에 대한 추적이 들어가게 된 것이다.

결국 그들의 그러한 비밀은 얼마 지나지 않아 만천하에 드러나게 될 것이다.

"완전히 끝장나겠네요."

"아직은 아닐걸요."

"네?"

윤하선은 고개를 갸웃했다.

이 정도 사건이면 아무리 억울하다고 해도 덮을 수가 없다.

그런데 아직은 아니라니?

"진짜 화가 난 사람은 아직 한국에 없거든요."

"아직? 무슨 말씀이세요?"

"지금 이 상황에서 가장 화가 난 사람이 누구일까요?"

"글쎄요. 누구죠?"

"회장님."

"회장님? 동계협회 회장님요?"

"여러모로 회장님이지요."

한국의 스포츠 협회는 대기업 회장들이 책임지는 경우가 많다.

동계협회 역시 모 기업의 회장님이 운영하고 있다.

물론 대부분의 회장님들과 마찬가지로 얼굴마담이지만.

"그분이 세계동계협회 회장 하려고 상당히 공을 많이 들였지."

무려 10년.

10년간 공을 들였다.

그리고 이번에 그 회장님은 차기 유력 후보 중 한 명이었다.

지난 10년간 회장이 되기 위해 그의 그룹이 세계동계협회에 투자한 돈만 거의 천억 수준이다. 그런데…….

"다 날아갔지."

한두 명이면 변명이라도 해 보겠는데, 부회장 이하 대부분의 임원들이 모조리 관련되었으니.

"상당히 열 받았을걸."

그리고 그가 들어오는 날, 아마 협회에서는 진짜 곡소리가 날 것이다.

"하지만 묻어 버리는 건 네가 아닐까?"

"네?"

손채림이 노형진을 보며 하는 말에 윤하선은 깜짝 놀랐다. 묻어 버린다니?

"지금 그럼 이번 일은 변호사님이 하신 게 아니라는 거예요?"

"제가 뭘 했는데요?"

"그 도박은……."

"그들이 한 거지 제가 한 건 아닌데요."

"……."

그러고 보니 말이 안 되는 생각이긴 하다.

아무리 그들이 조금씩 도박을 했다고 해도, 그 최초 투자금이 10억에 달한다.

그런 만큼 그 돈을 누군가 투자해서 그들에게 엿을 먹였어야 한다.

그런데 노형진이 왜 그렇게까지 하겠는가?

'물론 돈이 안 나올 때의 이야기고.'

승부 조작은 불법이다.

하지만 그 조작된 사실을 알고 그걸 이용하는 것은 합법이다.

노형진은 이미 마이스터를 이용해서 다른 외국인 명의로 게임에 참가해 투자금의 몇 배나 되는 돈을 건진 상태였다.

당연히 손해 볼 게 없다.

그걸 윤하선은 모를 뿐이고.

"일단은 제가 의뢰를 받았으니 관짝에 못질은 제가 해 줘야 하지 않겠습니까? 후후후."

쩌억!

무시무시한 소리와 함께 부회장의 얼굴이 반대쪽으로 돌아갔다.

얼마나 강하게 때렸는지, 부회장은 그 힘을 이기지 못하고 바닥에 쓰러졌다.

"일어나, 이 새끼야! 뭘 잘했다고 주저앉아!"

"억울합니다!"

"억울? 억울? 지금 억울이라는 말이 나와! 네가 진짜 억울한 거 당해 봤어!"

회장은 부들부들 떨었다.

수습하기 위해 서둘러서 본부로 갔다.

하지만 조사하면 할수록 이건 답이 없었다.

한국에서는 지금까지 억울하게 퇴출된 선수들이 승부 조작이 있었다며 기자회견을 하고, 증거 또한 사방에 넘쳤다.

전이라면 어떤 식으로든 막아 보겠는데 이건 도무지 답이 안 보였다.

"아악! 염병할! 씨발!"

회장은 자신의 실수 때문에 미칠 것 같았다.

별거 아니라고 했다. 자신에게 잘 딸랑거리기에, 무슨 짓을 해도 그냥 뒀다.

지난번에 어쩔 수 없이 그만뒀을 때도, 잠잠해지고 나서 다시 데려왔다.

어차피 국민들은 금붕어 대가리라 다 까먹을 테니까.

하지만 이런 초대형 사건을 당하고 나니 자신이 얼마나 멍청했는지 통렬하게 느낄 수 있었다.

"회장님! 저희는 억울합니다!"

"씨발, 억울하면 어쩔 건데! 어! 어쩔 거냐고!"

협회 본부에서 그는 온갖 창피를 다 당하고 왔다.

현 회장뿐만 아니라 그의 라이벌, 심지어 일개 직원조차 그만 보면 수군거렸다.

그리고 그들의 의혹은 한 가지를 가리키고 있었다.

바로, 부회장 이하 임원들이 그렇게 도박했는데 회장이 모른다는 게 말이 되느냐는 것이다.

사실 노형진은 고의적으로 회장의 이름은 넣지 않았다.

어찌 되었건 대기업의 회장인 그가 도박을 한다는 것이 의심스러운 것도 사실인 데다가, 그가 관련되어 있다면 기업 차원에서 그걸 덮으려고 사건 자체를 무마시킬 가능성이 있기 때문이다.

하지만 그런다고 해도 의심 자체를 피할 수는 없었다.

"너 때문에! 일개 경비 따위도 날 개무시한단 말이다!"

본부의 경비원조차 자신을 도박 중독자를 보는 시선으로 바라보았다.

협회의 회장이 되기 위해 노력한 10년.

그리고 거기에 들어간 천억 상당의 돈.

그 모든 게 날아가 버렸다.

이건 자신이 아무리 관련이 없다고 해도, 관리 책임 때문에 징계 사유다.

"이 개자식아!"

다시 한번 때리기 위해 손을 번쩍 드는 회장.

하지만 그런 그의 손은 다시 내려오지 못했다.

"그만두시죠."

"넌 뭐야!"

"국세청에서 나왔습니다."

"국세청?"

그리고 그 뒤로 우르르 몰려오는 사람들.

"현 시간부로 모든 증거를 압류합니다. 움직이지 마세요."

"아니, 그게 무슨……."

협회의 임원들과 부회장, 심지어 회장까지 얼굴이 사색이 되었다.

"세무조사입니다."

"사전에 이야기도 없었는데!"

말도 안 된다.

지금까지 단 한 번도 세무조사를 받지 않았다. 지금까지는······.

'젠장, 당했다.'

회장이 되기 위해서는 단순히 일만 잘해서는 안 된다. 정치적 감각도 있어야 한다.

안 그래도 프락치 출신이라는 문제 때문에 현 대통령은 지지율이 바닥이다.

그렇다면 그 지지율을 끌어올리기 위해서는 무엇을 해야 할까?

당연히 국민들이 인정하는 주적을 때리는 게 좋다.

그리고······.

'젠장.'

동계협회는 현재 국민들의 주적이라고 해도 과언이 아니다.

20년, 아니 그 이상 질질 끌어온 적폐 그 자체다.

그리고 이번 일로 전 세계에 찍혀 버렸으니······.

"잘 털어 보쇼."

"회장님?"

다들 깜짝 놀라서 고개를 돌려 회장을 바라보았다.

이런 일이 있을 때마다 막아 준 게 바로 그였다. 그런데 잘 털어 보라니.

"난 이제 회장 안 하겠어."

"네?"

"너 같으면 하겠냐, 이 새끼야?"

해외에 나가면 도박꾼이라고 비웃음받고 무시당할 거다.

발언권? 말도 안 되는 개소리다.

출전권 하나 따기 위해 빌빌 바닥을 기어야 할 텐데, 대기업의 회장씩이나 되는 사람이 그럴 수는 없다.

'더군다나 수사가 진행되면 뻔하지.'

온갖 패악질한 기록은 다 나올 것이다.

20년간 곪다 못해 다 썩었다는 건 누구보다 그가 잘 알고 있다.

'변호사도 그만두라고 했지.'

다 그만두고 정부에 적당히 기름을 쳐서 자신에게 오는 수사를 막는 게 최선이라는 사실을, 변호사들이 확실하게 말해 주었다.

그도 그럴 것이, 그 자리에 계속 있으면 욕은 욕대로 먹고 수사는 수사대로 당한다.

'하지만 내가 그만두면 그렇게까지는 안 되지.'

그때는 보호 대상이 동계협회가 아니라 자신 하나뿐이다.

그의 기업의 힘이면 자기 하나 지키는 건 어려운 게 아니다.

물론 회장님이 사라지면 방패막이가 사라지기 때문에 아랫사람들은 난리가 나지만.

"회장님!"

이것이 남이다

"억울합니다, 회장님!"

"한 번만 용서해 주십시오, 회장님!"

유일한 방패막이가 사라진다는 생각에 임원들은 필사적으로 매달렸다.

하지만 그들이 회장에게 매달리기도 전에 경호원들이 그들을 먼저 끌어냈다.

"가시죠."

"어흠."

"짐은 어떻게 할까요?"

"모조리 버려. 꼴도 보기 싫으니까."

"네, 회장님."

뒤도 안 돌아보고 나가는 회장.

그리고 그에게 매달리는 사람들.

거기에 서류를 챙기는 사람들까지 합세하자, 협회는 개판이 되었다.

그러나 그들이 굴러떨어질 나락은, 이제 시작이었다.

"뭐라고……?"

부회장은 검사의 말에 손이 부들부들 떨렸다.

"환수 작업에 들어갈 겁니다."

"화······ 환수라니요?"

"모르셨습니까? 불법적으로 얻은 수익은 모두 국가 환수 대상입니다."

무려 800억이 넘는 승부 조작 수익.

그걸 대한민국 정부가 가만둘 리 없다.

"나는 번 적이 없어요!"

"하지만 계좌에는 이미 들어 있지요."

"그건······."

부정할 수가 없는 사실이다.

자신은 번 적이 없을지 모르지만, 이미 계좌에 어마어마한 돈이 들어가 있다.

그러니 아무리 부정해도 어쩔 수가 없다.

"가지고 가세요."

부회장은 힘없이 고개를 숙였다.

"어차피 내 돈 아닙니다. 가지고 가요."

이제는 저항할 힘도 없었다. 그저 '이 상황이 빨리 끝났으면.' 하는 생각만 머릿속에 가득했다.

"과연 그렇게 쉽게 끝날까요?"

"네?"

그가 멍하니 되물었으나, 검사는 그저 불쌍하다는 시선으로 바라볼 뿐이었다.

"부회장님! 큰일 났습니다!"

혼이 나간 부회장은 거의 본능처럼 사무실에 출근했다.

다른 곳으로 피하고 싶어도 피할 곳도 없었다.

집에도 사무실에도 모두 기자가 있었기 때문에, 그나마 사무실에서 대비책을 세우기 위해서였다.

"뭔데······. 지금 이 상황보다 더 큰일이 날 게 뭐가 있다고······ 하하하······."

힘없이 웃는 부회장.

그런데 문이 열리면서 등장한 것은 다름 아닌 노형진이었다.

"더 큰일 날 게 있지요."

"넌 뭐야? 너, 너······ 너 이 새끼!"

노형진을 보고 부회장은 눈이 돌아갔다.

그도 아는 사람이다.

다름 아닌 선수 측, 정확하게는 비주류 선수 측 변호사였다.

"너 이 새끼! 여기가 어디라고 기어들어 와!"

아까와 다르게 언성을 높이는 부회장.

자신이 아무리 비참하게 몰락했다고 해도, 아직은 협회의 부회장이다.

그리고 아직 협회 내부에서 권력은 살아 있었다.

"절 끌어내면 곤란해지실 텐데요."

"뭐라는 거야, 이 새끼야! 내가 고작 선수 가족들한테 휘둘릴 것 같아!"

"선수 가족이 아닙니다."

노형진은 품에서 잘 접힌 서류를 꺼내서 내밀었다.

"슈왑스의 한국 대리인이지요."

"슈왑스?"

"본인이 사용한 도박 사이트 이름도 모르시면 어떡합니까?"

"뭐…… 뭐라고?"

부회장은 등골이 오싹했다.

갑자기 그 인간들 이름이 왜 나온단 말인가?

하지만 이어지는 다음 말을 듣자 부회장은 다리가 풀렸다.

"슈왑스에서 여러분들에게 수익금 반환 청구 소송을 했습니다. 도박 사이트이기는 하지만 승부 조작으로 얻은 수익인 만큼, 그걸 반환하셔야 합니다."

"아…… 아니, 잠깐 무슨 소리야! 우리는 돈이……!"

"계좌에 있잖아요?"

"그…….."

부회장도 다른 사람들도, 말문이 턱 막혔다.

그럴 수밖에 없는 게, 그 돈은 정부에서 범죄 수익으로 환수해 간다고 했기 때문이다.

"그 돈은 정부에서 가지고 간다고 했단 말이다!"

"그건 제 알 바 아니지요."

그건 정부에서 법적인 절차를 거쳐 가지고 가는 거고, 그와 별개로 슈왑스 측은 명백하게 민사적 손해를 입었다.

당연히 부당하게 가지고 간 돈을 받아 가야 한다.

"이……."

부회장의 눈이 파르르 떨렸다.

지금 상황이 이해가 가지 않았다.

먹은 건 800억이라는데 줘야 하는 돈은 그 두 배다.

당연한 얘기지만, 그들에게 그 정도의 돈이 있을 리 없다.

"그런고로."

노형진은 씩 웃었다.

그들의 관짝에 못질을 하러 왔다. 그리고 그 못질은, 그동안 쌓여 온 적폐에 대한 것이었다.

"현 시간부터 가압류를 시작하겠습니다. 아, 걱정하지 마세요. 본인 집이랑 학교 쪽도 가압류하고 있으니까."

"으아아아!"

부회장은 그렇게 무너져 내렸다.

⚖️

─수사 결과 본 사건은 그동안 암암리에 이루어지던 승부 조작을 통한 도박이 협회 차원에서 이루어진 것으로, 처음에는 작게 시작되었던 도박이 발각되지 않고 성공하자 무리하게 확장된 것으로 드러

났습니다. 그 과정에서 정보가 새어 나가며 일부 선수들과 코칭스태프들이 끼어들면서…….

뉴스에서 나오는 사건의 전말은 예상했던 대로였다.

단 하나만 빼고.

"진짜로 하고 있었네."

노형진이 함정을 파기 위해 했던 도박만이 아니라, 진짜로 하던 도박이 있었던 것.

그리고 그게 그들의 자신들은 전혀 모른다는 말의 신빙성을 완전히 부정해 버렸다.

"아주 그냥 박살이 났다면서?"

"박살이 났지."

특정 파벌에 있던 사람들 중 문제가 심각한 사람들은 결국 이번 일로 몰락을 피할 수가 없었다.

노형진은 그들 중에서도 문제가 심각한 사람들만 골라서 한다고 했지만, 그 숫자가 무려 삼백 명.

절대 적은 숫자가 아니었다.

"부회장부터 코치와 선수, 그리고 그들 파벌의 기본이 되는 학교의 교수들까지, 아주 그냥 제대로 발본색원이 되었다고 해야 하나."

세계동계협회에서는 그들을 남김없이 퇴출시켜 버렸고, 한국동계협회는 소속 임원의 5분의 4가 날아가 버리는 초유의 사태로 완전히 멈춰 버렸다.

"이제 다시는 파벌 가지고 장난치지 못하겠지."

"파벌 가지고 장난?"

손채림은 왠지 피식 웃음이 나왔다.

그게 문제가 아니다.

학교에서도 교수가 모조리 잡혀가는 판국이니 장난은커녕 존재 자체도 못 할 것이다.

"법으로는 절대 그들을 못 이겼을 거야."

"그렇겠지."

노형진은 느긋하게 의자에 기대며 말했다.

"하지만 우리는 이겼지."

키득거리는 노형진.

"그나저나 이걸로 인해 조직이 완전 붕괴되었잖아. 재기하지 못하면 어쩌지?"

"아니, 재기할 거야."

"응? 어떻게?"

"우리에게는 영웅이 있잖아. 사람들은 영웅이 있으면 그 아래로 모이기 마련이지."

"아아."

그 영웅이 누군지 이해한 손채림은 고개를 끄덕거렸다.

그녀가 앞장서서 하나로 뭉치자고 호소한다면, 분명 사람들은 그녀를 위해 모여 줄 것이다.

그러면 깨끗한 협회가 만들어질 수 있을 것이다.

"그것도 감안한 거야?"

"부정은 안 해."

노형진은 어깨를 으쓱했다.

그녀가 파벌이 다르다는 이유로 고통받은 건 유명한 일이니까.

"이제야 모든 게 제자리로 돌아간 거지."

"그런 건가?"

"그런 거야."

둘은 노을이 지는 창밖 풍경을 보면서 느긋하게 몸을 기대 앉았다.

경제인? 도둑님들이겠지

경제인의 밤.

매년 열리는, 대통령과 경제인들의 만찬이다.

좋게 말해서 경제인의 밤이라고 하지만 사실 대기업이 대놓고 정치권에 청탁하는 자리임과 동시에 정치권이 대놓고 경제인에게 '쩐'을 요구하는 자리라고 봐도 무방하다.

당연히 그러한 자리에 어중이떠중이가 다 들어가지는 않는다.

한국에서 경제인으로서 자리를 잡은, 일정 재계 순위 이상의 기업 대표자들만이 그곳에 참석한다.

'편하지 않군.'

유민택은 눈앞에 보이는 자리를 보면서 씁쓸하게 속으로

화를 삼켰다.

"자, 자! 다들 맛있게들 드세요."

대통령이 바뀌고 나서 처음 열린 경제인의 밤.

당연히 그 시작은 대통령 주최 만찬이다.

'기가 막히는군.'

대통령은 맛있게 먹으라고 이야기한다.

그러나 유민택은 혀를 끌끌 찼다.

대통령이 맛있게 먹으라고 했는데 정작 음식은 형편없어서?

그건 아니다.

전임 대통령 중에는 만찬이라고 부르고 딸랑 칼국수 하나 내준 사람도 있었다.

그런데 이번에는 송로를 곁들인 푸아그라와 최고급 한우 스테이크다.

요리사가 세계적으로 유명한 셰프에 재료 역시 최고급일 테니, 맛은 걱정하지 않아도 된다.

문제는 그 자리 그 자체다.

"감사히 먹겠습니다, 하하하."

"이런 환대를 다 받아 보네요."

즐겁게 말하는 자들과 다르게, 유민택은 자신의 자리를 보고 똥 씹은 얼굴이 되었다.

'어이가 없군.'

이런 자리에 미묘한 자격 싸움과 자존심 싸움이 빠질 리 없다.

그런데 자신의 자리는 그중에서도 말석이었다.

일반적으로 이러한 자리는 재계 순위를 기준으로 놓는다.

만일 그 순위가 애매한 경우 가나다 순으로 놓기도 하지만……

'내가 말석이라고?'

현재 대룡은 재계 순위 7위다.

전에는 더 낮았지만 성화와 싸우는 과정에서 그들을 집어삼키면서 세를 불렸다.

그런데 그가 말석이라니?

무려 백 명의 경제인이 참석하는데?

"어흠…… 회장님, 식사하시죠."

졸지에 옆자리의 다른 기업 회장은 곤혹스러운 상황에 처하게 되었다.

그럴 수밖에 없는 게, 그의 자리는 아흔아홉 번째다.

그런데 자신 옆에 대룡의 유민택이 앉았다.

백 번째 자리에 말이다.

그 말은, 원래는 저 자리가 그의 자리였다는 뜻이다.

"유 회장, 뭐가 마음에 안 듭니까?"

"아닙니다."

유민택은 더 이상 따지지 않았다.

따진다고 해 봐야 바뀌는 것도 없고, 무엇보다 여기에는 주요 경제인들이 다 뭉쳐 있다.

여기서 언성을 높여 봐야 좋을 것은 하나도 없었다.

"자, 자, 드십시다."

새로운 대통령인 홍안수는 유민택의 얼굴을 보고 미소를 지었다.

"유 회장, 뭐 부족한 것 있으면 말하세요."

"네."

유민택은 속으로 끓는 화를 삼키며 조용히 자리에 앉아서 식사를 했다.

'아무래도 이번에는 글렀군.'

자신을 이런 끝자리에 뒀다는 것.

그건 자신과 거리를 두겠다는 뜻이다.

그것도 대놓고 말이다.

그러니 자신이 무슨 말을 하든 신경도 안 쓸 것이다.

아니나 다를까.

"하하하."

"그래서 말입니다."

"이번 경제활동의 주체는 역시……."

신나게 떠드는 경제인들.

주로 말하는 사람들은 재계 순위 20위권 내 사람들이다.

물론 그 아래는 참석에 의의만 둘 뿐이다.

대통령과 겸상을 할 수는 없으니까.

'날 배제하겠다 이거군.'

유민택은 씁쓸하게 생각하면서 꾸역꾸역 밥을 먹었다.

왠지 옛날 생각이 났다.

'처음으로 경제인의 밤에 참석했을 때가 생각나네.'

자신이 100위 말석으로 참석했을 때, 기존 사람들은 그를 버러지 보듯이 했다.

그럴 수밖에 없는 게, 사실 100인의 경제인은 거의 고정된 것이나 마찬가지였는데 어느 날 대룡이 갑자기 다크호스처럼 100인 중 한 명을 제치고 올라온 거니까.

'그래, 돈은 언제나 옳지.'

유민택은 그들이 무시를 하든 뭐를 하든, 식사에만 집중했다.

그래도 첫날보다는 나은 편이라고 자위하면서 말이다.

그때는 음식이 입으로 들어가는지 코로 들어가는지 모를 정도였으니까.

"그래서 어떻게 생각하십니까, 유 회장?"

"네?"

그런 생각을 하는 사이에, 다른 회장이 유민택에게 말을 건넸다.

"요즘 벌어지는 경제활동에 대해 말입니다."

"저야 뭐, 좋은 쪽으로 가는 게 좋다고 생각합니다."

관심도 안 뒀으니 제대로 듣지도 못했다.

애초에 자신을 무시하는 자들이었다.

"유 회장님이 그러면 안 되죠. 우리가 이야기하는 게 유

회장 때문인데."

"그게 무슨 말씀이신지?"

대동 한국 지사 신동우 사장의 말에 유민택은 눈을 꿈틀거렸다.

신동우는 이번 회의에 참석한 자들 중에서 제일 나이가 어린 자다.

"회장님 이야기를 하고 있는데 집중해 주시면 안 됩니까?"

'이놈의 새끼가?'

대동이 자산에서는 대룡을 앞선다고 해도, 자신을 무시할 정도는 아니다.

아무리 그들이 돈이 많고 힘이 넘친다고 해도 기본적으로 일본 기업인 데다, 대동 한국 지사는 재계 순위만 보면 38위니까.

'그러고 보니⋯⋯.'

재계 순위 38위면 대통령의 바로 옆자리에서 겸상할 수는 없다.

즉, 대놓고 대통령이 밀어주겠다는 소리다.

"미안합니다. 잠깐 딴생각을 하느라고요."

하지만 경제인의 밤 그리고 대통령이 있는 자리에서 언성을 높일 수는 없는 노릇.

게다가 대표라는 직함을 단 이상 나이로 상대방을 무시할 수는 없었기에, 유민택은 최대한 태연하게 미안하다고 했다.

그럼에도 불구하고 대동 한국 지사의 신동우 사장은 빈정 거림을 멈추지 않았다.

"경제 공영화를 이룩해서 한국의 부를 쌓아야 하는데 그러지 못하고 있는 문제에 대해 이야기하고 있지 않습니까?"

"그런가요?"

"돈이 돈을 부른다고 했습니다. 부가 한쪽에 쏠려 있어야 뭐든 할 수 있는 겁니다. 백 명이 1천만 원씩 가지고 있어 봐야 아무것도 못 하지요. 하지만 한 명이 10억을 가지고 있으면 뭐든 할 수 있습니다. 그리고 그 낙수 효과로 대한민국에 부가 흘러넘쳐야지요. 안 그런가요?"

'웃기는군.'

유민택은 눈을 찌푸렸다.

경제 공영화.

부를 국가가 통제하지 않고 기업이 스스로 통제함으로써 그 효율을 극대화하고, 낙수 효과를 통해 대한민국을 부국강병 하겠다는 홍안수의 새로운 경제정책.

얼핏 듣기에는 그럴듯하기는 하지만…….

'결국 개소리지.'

낙수 효과라는 건 존재하지 않는다. 이미 다른 나라에서는 증명된 것이다.

그런데 한국만 유독 그놈의 낙수 효과를 주장한다.

거기에다 경제 공영화?

'경제 사유화겠지.'

돈을 한쪽으로 모아 규모의 경제를 만들어서 경제 발전을 이룩한다.

일견 맞는 말인 것 같지만, 여기에는 함정이 있다.

바로 그 돈을 모으는 주체가 재벌이라는 것.

"대룡은 그러한 경제정책에 정면으로 반하고 있어요. 퍼 준다고 좋은 게 아닙니다. 현명한 어부는 자식에게 잡은 물고기를 주는 게 아니라 물고기 잡는 방법을 알려 준다고 하지 않습니까?"

신동우의 말에 유민택은 눈을 꿈틀거렸다.

신동우의 말이 거슬리는 것도 있지만, 주변 사람들의 반응이 이상했다.

'가만히 있는다?'

한 기업의 대표가 타 기업의 대표를 모욕하고 있다.

이건 생각보다 큰 문제다.

심지어 성화와 전쟁 중일 때도, 성화와 대룡은 경제인의 밤에서는 거리를 둘지언정 싸우지는 않았다.

그런데 나이도 어린 대표가 사실상 대룡 1세대이자 현 회장인 자신을 모욕하는데 모두가 가만있는다?

"대룡이 무슨 생각을 하는지 압니다. 하지만 인간은 하나를 주면 두 개를 달라고 하는 놈들이에요. 사장님은 아셔야지요."

"사장이 아니라 회장입니다."

"어이쿠, 미안합니다. 요즘 개나 소나 사장님 소리를 듣고 다녀서 제가 착각했네요."

명백한 비웃음.

그럼에도 불구하고 뭐라고 하는 사람이 없었다.

심지어 대통령조차 웃기만 할 뿐 말리지 않는다.

도리어 별거 아닌 듯 이야기하면서 유민택의 속을 긁었다.

"자, 자! 농담은 그만하고, 식사들 하지요."

"그러지요, 후후후."

식사를 하는 내내, 유민택은 속으로 열불이 끓는 것을 참을 수밖에 없었다.

⚖

"어이가 없네요. 왜 그러는 거랍니까?"

노형진은 기가 막혀서 혀를 끌끌 찼다.

다른 날도 아니고 경제인의 밤에 그런 말이 오갈 정도면 뻔하다.

"회장님 빼고 다 짠 거 아닙니까?"

"그렇겠지. 최소한 나보다 위에 있는 놈들은 짠 거겠지."

자신보다 훨씬 아래에 있는 자들이 끼어들 리는 없으니까.

"소문이 사실인가 보더군."

"소문이라면……?"

"대동 말일세. 한국에 본격적으로 진출하려고 하는 모양일세."

"전에도 그랬잖습니까?"

"그때는 본격적인 진출이라기보다는 잽을 날린 거지."

대동은 과거 일제강점기, 친일파가 기축으로 만든 기업이다.

일제가 패망했을 때 도망간 그들은 돈을 모아서 대동아공영권의 재래를 꿈꾸며 대동이라는 이름으로 기업을 세웠고, 지금은 전 세계에서 알아주는 거대한 기업이 되었다.

"그동안은 반일 감정 때문에 한국에 쉽게 진출하지 못했지. 호락호락하지 않았으니까."

아무리 기업들이 돈을 좇는다고 하지만, 대동이 들어오는 것을 좋아하지는 않는다.

대동은 말 그대로 싹 다 털어 먹는 타입이기 때문이다.

"하지만 시대가 바뀌었네."

아무리 대동이라고 해도 그건 쉽지 않다.

거기에다 한국의 재벌들은 대부분 자리를 확고하게 잡았다. 대동이 털어 먹으려고 해도, 이제 불가능에 가까운 일이 되어 버린 것이다.

"새로 회장이 된 자들은 그런 걸 잘 모르니까."

세대가 바뀌면서 일본에 대한 적대감도 줄어들었고, 신임 회장들은 그들에 대해 잘 모른다.

이것이 법이다

거기에다 재벌로 태어났기 때문에 대동에 대한 경계심이 약하다.

"거기에다 대동은 한국계 정치인들에게 오래전부터 후원을 해 줬고."

"그중 한 명이 바로 홍안수죠."

사실 홍안수는 대통령 후보 중 유력 후보가 아니었다.

그런 그에게 대동은 어마어마한 돈을 투자했다.

그리고 기적처럼 홍안수가 대통령이 되었다.

"사실상 대동에 있어서는, 지금이 한국에 진출할 최고의 기회라고 볼 수 있겠지."

유민택은 씁쓸하게 말했다.

"그런데 그런 것 때문에 저를 부르신 겁니까?"

"그게 문제가 아닐세. 아니, 문제이기는 하지만, 다른 문제만큼은 아니지."

"그게 무슨 말씀이신지?"

"만찬회장에서 다른 기업 회장들이 그러더군."

"뭐라고요?"

"적당히 하라고."

"적당히?"

노형진은 그 말이 얼핏 이해가 가지 않았다.

대룡은 나쁜 일을 한 적이 없다.

물론 대룡과 성화가 싸울 때는, 주변에서 우려하긴 했지만 말리지는 않았다.

지는 자를 뜯어먹을 수 있는 기회였으니까.

그런데 적당히 하라니?

"이해가 안 가는데요. 뭐 나쁜 일 하셨습니까?"

"전혀 아닐세. 그래서 문제인 게야."

"네?"

"내가 자네와 만난 후, 우리 기업의 분위기가 어찌 바뀌었는지 아나?"

"그거야…… 아…….."

노형진은 입을 다물었다.

노형진은 대룡과 함께 성화와 싸우며 대룡에 많은 영향을 끼쳤다.

그 결과 대룡은 한국에서 상당히 양심적이고 사회적인 기업으로 알려져 있다.

당연히 그 덕에 국민들의 지지를 많이 받고 있기도 하고 말이다.

"설마?"

"그러네. 다른 기업들이 보기에는 좋지 않겠지."

대한민국의 기업, 특히 대기업의 문화는 약탈을 통한 성장이다.

버는 것에 비해 터무니없는 기부금, 탈세와 편법 증여와 상속.

오죽하면 한국의 재벌이라는 의미의 'Chaebol'이라는 단어가 영어 사전에 등재되어 있다.

그들만큼 이질적인 존재가 없기 때문이다.

"한국은 약탈과 착취가 기본이지."

"무슨 뜻인지 알겠네요."

약탈과 착취를 통해 이룩된 기업들.

그들 입장에서는 대룡이 상당히 이질적이다 못해 위협적일 것이다.

"물론 다른 기업도 비슷한 경우가 있지."

"하지만 대룡은 다르죠. 약자가 아니니까요."

약자는커녕 도리어 절대적 강자에 속한다.

기실 양심적인 운영을 하는 기업이 대룡만 있는 것은 아니다.

하지만 그들은 100위권에도 들어가지 못하는 작은 기업들이다.

그들의 영향력은 한 줌도 되지 않는다.

"그래, 그리고 공정한 강자는 그 존재만으로도 지금껏 약탈하던 힘센 자들에게는 골치 아픈 문제지."

"으음⋯⋯."

가령 학교에서 편하게 살던 일진들에게, 자신들과 싸울 수 있는 자가 생기면 여러모로 곤란해진다.

그를 중심으로 다른 학생들이 뭉치며 저항하기 때문이다.

"아마 대동이 한국에서 본격적으로 활동하기 시작하면 가장 먼저 우리를 노릴 거야."

"그럴 만하겠네요."

대룡은 대동의 한국 진출을 한 번 막은 적이 있다.

거기에다 대동이 다른 기업을 공격하면 다들 똘똘 뭉쳐서 견제할 것이다.

"하지만 약탈자 입장에서는 정의로운 자보다 자신들 같은 약탈자가 더 말이 통하지."

"당연히 대룡이 공격받아도 도와줄 생각이 없겠군요."

"그래, 성화의 경험도 있으니까."

가만히 구경하다가 성화가 걷잡을 수 없이 무너지자 하이에나처럼 달려들어서 물어뜯었던 자들이다.

대룡이 무너진다고 해도 결코 도와주지 않을 것이다.

도리어 무너지는 그 순간을 기다리면서, 군침을 흘리며 이빨을 갈고닦을 것이다.

"이번 경제인의 밤은 선전포고인 셈이군요."

"경제인의 밤이라기보다는 강도들의 밤이라고 봐야겠지."

유민택은 쓸쓸하게 말했다.

"공식 석상에서 이럴 정도면, 사실상 준비는 다 끝냈다고 봐야 하네."

"방어가 쉽겠습니까?"

유민택은 고개를 흔들었다.

"쉽지 않을 거야. 대동은 성화와 질적으로 달라."

성화는 한국에서 아등바등 싸우던, 비슷한 체급의 대상이다.

"하지만 일본은 한국보다 훨씬 경제 규모가 크지. 거기에다 그들은 약탈적 방식으로 다른 나라들의 경제를 집어삼켰어. 물론 우리를 쓰러트리기 위해 전력을 다하지는 못할 거야. 하지만 본격적으로 한국에 진출하기로 한 이상, 성화보다 어려운 싸움이 될 걸세."

노형진은 한숨이 나왔다.

성화와의 싸움이 끝난 지 얼마나 되었다고 이런 일이 벌어지는지.

"전과 다르게, 이번에는 우리가 방어적 입장이고."

유민택도 걱정스러운 표정으로 말했다.

"확실한 겁니까?"

"내가 100위 말석이었네."

"하…… 빼도 박도 못하겠네요."

정부에서도 도와줄 생각이 없다는 걸 확실하게 못 박은 셈이다.

"국민들은 이러는 걸 알까요?"

"관심이나 있겠나? 이런 말 하긴 그렇지만, 국민들이 다 똑똑한 건 아닐세."

"끄응……."

"대놓고 나라 망친다는 놈도 뽑아 주는 상황이야."

"아, 그 사건 말이군요."

"자네도 아나?"

"뭐, 우연히 알게 되었습니다."

전임 대통령이 자기 소속 당에서 나오지 않았다는 이유로, 특정 당의 정치인이 공중파에서 대놓고 나라를 망치는 한이 있어도 정권은 다시 찾아와야 한다고 거품을 물었다.

아마 옛날 독재 시절이었다면 그는 내란 선동으로 잡혀가거나 실종되었을 것이다.

그러나 정작 그는 그 독재당 출신이었고, 그가 했던 발언은 채 사흘도 되기 전에 모조리 사라졌다.

그리고 그는 여전히 국회의원으로서 떵떵거리면서 잘살고 있다.

"생각지도 못한 방향이군요."

노형진은 머리를 긁적거렸다.

이제 싸움은 다 끝났다고 생각했다. 그런데 전혀 예상하지 못한 곳에서 싸움이 터졌다.

"어쩌면 터질 수밖에 없는 싸움이었는지도 모르네."

"어째서요?"

"당연한 거 아닌가? 좋게 말해서 다국적기업이지, 사실 나쁘게 말하면 그들은 다른 나라의 경제력을 빨아먹는 것뿐이야."

"그래서 대룡이 해외 진출을 안 하는 겁니까?"

"그럴 리가 있나."

대룡도 나가고 싶다.

하지만 다국적기업이라는 이름을 얻을 만큼 강력한 힘을 가지기 위해서는 압도적인 기술력이 있어야 한다.

"이런 말 하기 부끄럽지만, 대룡은 그런 기업은 아니지."

"그건 그렇지요."

대룡은 압도적인 기술력을 가지지는 못했다.

그래서 대룡전자가 있었지만 성화전자를 이기지 못했던 것이고.

애초에 싸움이 끝나는 순간까지 기술력으로 성화전자를 꺾지 못한 게 대룡전자다.

"거기에다 우리에게 반도체에 관련된 기술이 있는 것도 아니지 않나?"

"하긴…… 그건 맞네요."

노형진은 고개를 끄덕거렸다.

대룡전자의 유일한 기술은 정전기식 터치였다.

그나마 그걸로 국내 스마트폰 업체로서의 위치는 지켰지만…….

'이미 다른 기술이 나왔지.'

노형진은 한숨을 쉬었다.

특허가 있는 이상, 마음대로 뭔가를 만들지는 못한다.

정전기식 터치도, 최초 개발은 대룡이지만 이미 다른 기업에서 다른 방식으로 읽어 내는 것을 만들어 낸 상황이다.

'이건 뭐……. 이럴 줄 알았으면 이과로 갈 걸 그랬나?'

노형진은 머리를 북북 긁었다.

만일 자신이 이과였다면 어땠을까?

'뭐, 갈려 나갔겠지. 문송 한 건가? 아니, 잠깐…… 지금도 갈려 나가는 건 마찬가지 아닌가?'

이과라고 해서 미래의 기술을 다 아는 건 아니다.

게임기를 만들던 사람이 자동차공학에 대해 알지는 못하니까.

차라리 문과라서, 그리고 변호사라서 투자 기록을 알고 있는 지금이 돈 자체는 더 많이 벌고 있을지도.

"뭘 그리 생각하나?"

"아…… 아닙니다. 그냥…… 뭐 좀."

노형진은 머리를 흔들며 정신을 차렸다.

중요한 건 이과와 문과의 문제가 아니다.

'확실히…….'

노형진은 턱을 문질렀다.

대동은 전임 대통령 때부터 많은 공을 들였다.

한국에 거대 빌딩을 세우고 새로운 체인점을 세우고…….

"대동은 우리와 비슷하지."

압도적인 기술력을 가지고 상대방을 처바르는 게 아니라, 국민들의 생활과 밀접한 관계를 가지고 있다.

'하긴…….'

노형진은 머리를 긁적거렸다.

회귀 전 기억을 더듬어 보니 굵직굵직한 곳은 죄다 대동 소속이었다.

가전제품 체인점부터 김밥 체인점, 심지어 튀김과 떡볶이까지, 대동 계열사는 어마어마했다.

애초에 그들이 성화와 손잡고 시작했던 사업이 바로 김밥집이었다.

"근본부터 파고든다 이거군요."

"그래."

이 전략은 아주 효율적이다.

기술 투자를 할 필요도 없고, 저항하는 대상을 밟아 버리는 것도 쉽다.

동네 김밥집과 떡볶이집, 대리점이 대동과 싸울 수는 없으니까.

'그랬구나.'

희미한 미래의 기억 속에서 노형진은 깨달았다.

회귀 전에는 작은 곳들이 어느샌가 모조리 대동에 집어삼켜졌었다.

전자 제품은 대동전자월드에서 샀고, 점심으로 햄버거는 그들의 체인점에서 사 먹었다.

퇴근길에는 그들이 만든 마트에 가서 장을 봤고, 그들이 만든 아파트에서 잠을 잤다.

'무섭군.'

단 몇 년 사이에, 그들은 대한민국의 일상생활을 지배한 것이다.

"그러고 보니…… 그게 그들 방식이라고 했군요."

"그래. 대상으로 삼은 나라의 상권을 아래부터 야금야금 흡수하지. 저항하지 못하는 대상부터 말이야."

전자 같은 건 안 한다.

싸움이 커지니까. 그리고 투자비가 많이 들어가니까.

"하지만 동네 분식집 밟는 거야, 뭐 어렵겠나?"

거기에다 그런 곳은 서민들이 돈을 쓸 수밖에 없는 곳이다.

당연히 어마어마한 현금이 돈다.

"알짜지."

"하…… 알겠네요."

다른 기업들은 그런 작은 사업을 무시했다.

소위 가오를 찾으면서, 크고 굵직한 사업만 하려고 했다.

'하긴, 그게 기업을 망치는 가장 큰 이유지.'

이 코딱지만 한 나라에 대형 건설 업체만 몇 곳인가?

포화를 넘어서 과도할 정도로 밀집되어 있다.

그들이 죄다 땅을 파헤치고 아파트를 지어 댄다.

오죽하면 '건설 공화국'이라는 이름까지 생겼을까?

심지어 대룡조차 건설사가 있다.

"도대체 왜 그런 겁니까?"

"자존심 싸움이지. 자네는 경제인 모임에 안 가 봤군."

"네."

"거기서는 건설사 하나 없으면 거지 취급한다네."

"그래요?"

"그래. 전에 내가 그 경제인 모임에 갔을 때 그랬지."

그때는 대룡건설이라는 게 없었다. 아직은 작을 때였으니까.

"그때 다른 기업 회장이 그러더군, 아직도 과자 부스러기나 팔아먹으며 살고 있느냐고."

"네?"

"그 다음번에는, 나보고 폰 팔이라고 하더군."

"허."

건설사가 없다는 이유만으로 그런 취급을 받았기에, 빡쳐서 만든 게 대룡건설이란다.

"지금이야 아니지만, 그때는 아파트 하나 지으면 투자금의 열 배는 뽑아 먹던 시절이었으니까."

아파트 하나 지으면 청약 경쟁률이 최소 30 대 1, 심한 곳은 100 대 1이던 시절.

'천당 아래 분당'이라 불리던 그 시절.

'어째 미안한데.'

노형진은 입맛을 다셨다.

거기에 편승해서 자기도 돈 좀 만졌으니까.

"지금도 마찬가지네. 그래서 저들이 대동을 무서워하지 않는 거야. 지금 그들의 눈에 대동은 그냥 과자 팔이, 폰 팔이에 지나지 않으니까."

하지만 노형진은 알고 있다.

미래에는 대동을 빼면 생활 자체가 불가능해졌다.

심지어 그들은 방송국도 운영하고, 영화도 만들었으며, 유통 라인도 꽉 잡고 있었다.

"나도 한때 그랬지."

상생에 대해 배우지 않았다면, 국민들에게 준 돈이 결국 돌아온다는 걸 알지 못했다면 아마 대룡도 착취와 억압으로 싸우려고 했을 것이다.

"결국 피할 수 없는 싸움이라는 거군요."

"그래."

"그러면 대비책이 있어야겠네요."

"그게 문제야. 방법이 없네."

"어째서요?"

"뻔하지 않나? 우리가 나서면 그때부터 언론과 정부는 우리를 깔 거야."

재벌이 지역 상권에 침투해서 상권을 말려 죽인다고, 그렇게 떠들어 댈 것이다.

바로 얼마 전에도 그런 식으로 한번 시끄러웠으니까.

"그건 대동도 마찬가지 아닌가요?"

"눈 가리고 아웅 하는 데 대동은 능하지."

"아…… 무슨 뜻인지 알겠습니다."

이것이 법이다

노형진은 회귀 전에 있었던 국민마트 사건을 떠올렸다.

미래에 대동이 막 진출하던 때에, 유민택이 말했던 것처럼 언론에서 대동을 깐 적이 있었다.

재벌이 작은 상권을 노린다고.

그러자 대동은 공식적으로 지역 마트 진출을 포기했다.

그럼 비공식적으로는?

새로운 중소기업이 생겼다.

국민마트라 불리는 그곳은 공격적으로 사세를 늘렸다.

그리고 충분한 숫자가 되었을 때, 그곳의 오너는 기업을 통째로 대동에 넘겼다.

기업 간 거래는 불법이 아니다.

그 덕에 대동은 단 한순간에 전국 사백 군데가 넘는 체인점을 가진 거대 유통 업체가 되어 버렸다.

'당연히 지역의 작은 마트들은 모조리 넘어갔지.'

애초에 이길 수 없는 싸움이었던 것이다.

"그들이 어떤 것부터 노릴지 알 수가 없군. 설사 노린다고 해도 방어 자체도 힘들고."

정부와 언론에서 대동이 눈 가리고 아웅 하는 것을 몰랐을까?

몰랐을 수가 없다.

단 몇 년 만에 사백 개 체인점을 만들 정도의 기업이다.

대기업이 아니면 그 정도 자금은 충당이 불가능하다.

결국 다 알면서도 모른 척, 눈감아 준 것이다.

"우리가 대동과 같은 방법을 써도 눈감아 줄 리 없겠네요."

"그렇겠지."

"일단 그들의 방식을 생각하면, 최우선으로 접근하는 것은 마트일 겁니다."

대동의 기본적인 전략, 유통 라인의 접수.

유통 라인이 막혀 버리면 아무리 거대한 공룡 기업도 쓰러진다.

다른 나라도 그랬다.

"내 생각도 마찬가지일세. 마트를 집어삼키면 중소기업들 집어삼키는 건 일도 아니야. 거기에다 대부분의 기업들이 마트 유통 라인을 쓰니까."

자체 판매 라인을 가진 기업은 많지 않다.

특수한 물건 몇몇은 모르겠지만.

"마트는 말 그대로 대부분의 생필품을 파니까요."

"그래. 마트를 쥐고 있으면 필연적으로 기업은 대동과 친밀하게 지낼 수밖에 없네."

그리고 마트를 통하는 대부분의 물건은 현금 유통이다.

"우리를 말려 죽이려면 그게 가장 우선이겠지."

노형진은 탁자를 탁탁 두들겼다.

'확실히 그렇겠군.'

회귀 전 대동마트의 등장, 아니 국민마트의 등장 시기가 바로 이 시점이다.

"기존 마트들을 묶는 것은 가능할까요?"

"불가능할걸. 영화관과는 다르지 않나?"

영화관은 신형이어야 하고 또 깨끗해야 사람들이 많이 간다.

성화가 멀티플렉스를 만들어서 대룡을 밟으려고 했지만, 대룡은 기존 영화관을 아래에 두고 리모델링에 투자함으로써 지분을 확보해 훨씬 빠르게 성장해서 성화의 성장을 막았다.

"하지만 마트는 그럴 이유가 없지."

"그건 그러네요. 그냥 가서 물건만 집어 오면 되는 거니까."

마트는 그러한 실내디자인의 영향력이 별로 없다.

"거기에다 우리가 돈을 투자한다 해도 결국 물건을 좀 더 비치하는 수준이지, 그 돈을 다 어디다 쓰겠나? 기껏해야 통합 포인트 정도겠지."

"의미가 없겠군요."

이미 대다수 마트에서 포인트 제도를 운영하고 사람들은 대부분 집 근처에 있는 마트를 고정적으로 사용하는 만큼, 통합 포인트는 그다지 메리트가 없다.

"일단…… 저들의 움직임부터 확인하죠."

노형진이 기억하기에는 확실히 마트가 맞다.

하지만 상황은 돌변했다. 이번에는 다른 방식으로 접근할지도 모른다.

그런 위험부담을 두고 섣불리 마트에 돈을 미리 투자하면 도리어 이쪽 실탄이 부족해질 수도 있다.

"대응하지 않아도 되겠나?"

"한 번은 저들도 충돌할 테니까요."

노형진은 탁자를 탁탁 두들기며 말했다.

"누구랑?"

"한국의, 이권을 가진 다른 자들과요."

그리고 그들이 섣불리 물러날 리 없었다.

⚖️

지역 상권을 말살하는 대기업

대동, 유통업 진출. 서민 죽이기

대기업의 지역 상권 말살, 무엇이 문제인가?

얼마 지나지 않아 예상대로 기사가 떴다.

노형진은 그걸 보고 왠지 안도의 한숨이 나왔다.

"의외군, 진짜로 이런 뉴스가 나올 줄이야. 이로써 그들이 마트 유통 라인을 노린다는 건 확실해졌는데 말이야, 어떻게 안 건가?"

유민택은 신기하다는 듯 물었다.

그도 마트는 예상하기는 했다. 기본 전략이니까.

하지만 방해하는 자들이 있을 거라는 건 예상하지 못했다.

"대동은 엄밀하게 말하면 일본 기업이니까요."

"그래서 기자들이 반일 감정을 가지고 있다는 건가?"

"아닙니다. 그럴 기자들이었다면 제가 기자들을 싫어하겠습니까?"

"그럼?"

"일본 기자들, 아니 일본의 언론사들은 철저하게 국가의 통제와 논조를 따릅니다."

"응?"

"저항하지 않는다는 거죠."

일본의 언론은 사실상 언론의자유가 인정되지 않는다고 보면 된다.

반기업적, 또는 반국가적 뉴스는 절대로 내보내지 않으니까.

"연예인의 섹스 스캔들이나 마약 스캔들은 도청은 물론 해킹도 불사하고, 필요하다면 헬기를 띄워서라도 추적하는 게 일본 언론입니다. 하지만 정치인의 뇌물이나 배임 행위에 대해서는 입도 뻥긋하지 않죠."

그래서 사실 일본은 '유사 민주주의국가'라는 소리를 많이 듣는다.

정부에 대한 저항 세력이 없기 때문이다.

"그거랑 이번 일이 무슨 관계가 있단 말인가?"

"대동은 일본에서도 아주 큰 기업입니다. 재계 순위 20위 안이죠."

"그래서?"

"당연히 대동은 기자들을 관리하지 않습니다. 알아서 기니까요."

"아하!"

노형진의 말에 유민택은 지금 상황이 이해가 갔다.

"그러니까 자네 말은, 대동이 한국의 문화에 대해 잘 모른다는 거군."

"네. 한국에서 기자라는, 언론이라는 집단은 어떤 점에서는 어마어마한 이권 단체라고 할 수 있습니다."

"'어떤 점에서는'이 아니라 이권 단체 맞는 것 같은데?"

"하지만 대동은 그걸 잘 모르죠."

알아서 기니까 관리할 필요도 없다. 그래서 대놓고 무시했다.

"하지만 한국 기자들이 그걸 놔둘까요?"

"으음, 그렇군. 대동은 먹음직스러운 곳이지."

대기업을 족치면 돈이 나온다는 것을, 그들은 안다.

그렇기에 그들은 하나의 '카르텔'이 된다.

대동은 그걸 모르지만.

"일단 족쳐서 당황하게 만드는 거죠."

당연히 대동은 지금 상황을 수습하려고 할 것이다.

하지만 이미 까인 상황.

"그러니 다른 방법을 쓸 겁니다. 다른 기업을 만들어서 확장하고 그걸 인수하는 방법이겠지요."

"하지만 기자들이 그걸 모르지는 않을 거 아닌가?"

"그렇습니다. 그러니 당연히 그들은 앞으로 기자들 또한 관리하려고 할 겁니다."

그리고 그게 성공해서 국민마트 사건이 터진다.

"그건 알겠네. 그러면 지금 우리가 끼어야 하나?"

"그렇습니다."

"하지만 대동을 깐다고 해서 대룡을 안 때릴까?"

일단 대동을 때렸으니, 같은 목적이라면 대룡도 때릴 것은 분명하다.

"때릴 겁니다."

"그럼 의미가 없는데."

"하지만 대동은 그걸 모르죠."

"응?"

노형진은 씩 웃었다.

대동의 마트 진출.

그걸 막기 위해 지난 며칠간 머리를 쥐어뜯었다.

그리고 노형진은 한 가지에 생각이 미쳤다.

그들은 한국을 잘 모른다. 그래서 기자들을 무시했다가 지금 물어뜯기고 있다.

당연히 당혹감을 감추지 못하고 있을 것이다.

"그 말인즉슨, 대동은 아직 이번 일이 왜 벌어지고 있는지에 대한 정확한 정보를 가지고 있지 못하다는 거죠."

경험이 없으니까. 그러니 왜 자신들을 때리는지 모를 것이다.

"그래서?"

"그래서 오판을 불러일으키는 겁니다."

"오판?"

"우화 중에 이런 이야기가 있지요. 여우가 호랑이를 뒤에 두고 왕 행세를 한다는 거요."

"알고 있네."

여우가 호랑이에게 잡아먹힐 상황이 되자, 그는 호랑이에게 자신이 이곳의 왕이라며 거짓말을 한다.

호랑이는 당연히 믿지 않지만, 여우는 증거를 보여 주겠다면서 따라오라고 한다.

당연히 산짐승들은 여우 뒤의 호랑이를 보고 도망간다.

그러나 호랑이는 여우를 보고 도망가는 줄 알고 겁먹고 도망가 버린다.

"우리가 여우인 겁니다."

"뭐?"

"언론이 왜 때렸는지, 저들은 모릅니다. 하지만 우리가 언론과 밀접한 모습을 보인다면, 어떻게 될까요?"

노형진의 말에, 순간 유민택은 빙긋 미소 지었다.

뭘 노리는지 알아차린 것이다.

"우리에게 언론을 통제할 힘이 있다고 생각하겠군."

"네."

그리고 섣불리 움직이지 못하게 될 것이다.

"물론 오래 써먹지는 못할 겁니다."

"하지만 우리가 대응할 시간을 벌 수 있겠지."

노형진은 고개를 끄덕거렸다.

"우리가 이제 왕이 될 차례입니다."

여우가 왕이다

신동우는 주먹을 꾸욱 쥐었다.

자신들의 진출이 이런 식으로 막힐 줄은 몰랐다.

"왜 기자들이 저 지랄을 하는 거야?"

"그건 저도 잘 모르겠습니다."

책임자는 고개를 흔들었다.

"그걸 말이라고 해!"

"죄송합니다……."

그들은 고개를 팍 숙였다.

"당장 언론사에 연락 좀 해 봐!"

"이미 하고 있는데, 자기들은 기자들의 논조를 어쩔 수 없다고, 대한민국은 언론의자유가 있는 나라라고……."

"이런……."

사실 이런 문제를 해결하는 방법은 간단하다.

그냥, 지역에서 잘 아는 사람을 불러오면 된다.

대동의 한국 지사가 재계 순위가 낮다고 하지만 엄연히 대기업이고, 한국에서 일하던 사람들이 없는 것도 아니다.

하지만 본격적인 진출을 앞두고 대동은 언제나처럼 현지인을 배제한, 일본에서 온 전문가들로 팀을 구성했다.

그런데 그게 실수였다.

일본의 경제적 대동아공영권 이룩, 그것이 그들의 목적이지만 그로 인해 언제나 일본인 우선주의를 표방한다.

당장 한국을 담당하던 직원만 불러왔어도 이유를 알 수 있었겠지만, 아이러니하게도 신동우가 오기 전 한국을 담당하던 원래의 지사장조차 이 회의에 참석하지 못했다.

"조만간 보고서가 올라올 겁니다."

"그렇겠지."

신동우는 한숨을 쉬면서 의자에 기대앉았다.

'다급한데.'

아버지 신강수가 후계자를 아직 정하지 않았다.

이미 자신을 비롯한 형제들은 아버지의 눈에 들기 위해 후계자 전쟁을 시작했다.

'실적을 놓칠 수 없어.'

그중 최고의 실적은 다름 아닌 한국 진출.

지금까지 계속 실패했던 한국이다. 그리고 자신들이 도망 쳤던 한국이다.

그들을 경제적으로 굴복시킨다면, 당연히 후계자로 확정 된다.

동남아 몇 개국을 지배하는 것보다 훨씬 가치가 크니까.

"본국이었다면 이런 일이 없을 텐데."

신동우는 눈을 찌푸렸다.

사실 그는 한국인이지만 한국인이 아니다.

이름은 한국식이지만 한국말도 제대로 할 줄 모른다.

교육도 일본에서 받았고, 본인도 일본인이라 생각한다.

지금 이 자리에 지사장이 없는 이유도 간단하다. 그는 일 본어를 유창하게 하는 이가 아니니까.

"어떻게든 이유를 알아내. 기자들이 뭘 원하는지 알아내고."

자신에게 이빨을 드러낸 낯선 자들을 보면서 신동우는 어 쩔 줄 몰라 했다.

⚖️

"역시 예상대로인데."

노형진은 당혹해서 언플을 하는 대동을 보고 혀를 끌끌 찼다.

그들은 지역에 도움이 되기 위해 마트를 개설한다고 했다.

물론 말도 안 되는 개소리다.

당연히 언론에서는 개가 짖는다며 물어뜯고 있었고.

"아직도 뇌물 안 준 거야?"

"뭐, 금방 주겠지. 다른 건 몰라도 대동의 적응력은, 무서울 정도니까."

노형진은 혀를 끌끌 찼다.

회귀 전에도 대동은 이번 일과 비슷한 일을 겪고 한국 문화와 언론에 대해 깨닫고, 직접 영화사를 만들어 친일 영화를 제작하고 방송국을 설립하기까지 한다.

그래서 회귀 전의 한국은 대동의 문화 공격에 어마어마하게 휘둘린다.

당연히 한류를 타고 대동은 어느 때보다 흥하게 된다.

"그 전에 일단 그들을 막아야지."

"그에 대해 생각해 봤는데, 네가 말한 대로 기자들과 접촉은 계속하고 있어. 대룡에서도 기자들에게 적절하게 인사하고 있는 중이고."

"그래야지. 일단 저들에게 기자들이 적대적인 대상이라는 걸 느끼게끔 해야 해."

"그런데 효과가 있을까?"

"그건 모르지. 하지만 손해 보는 것도 없잖아?"

"그건 그런데……."

"인간은 결국 비슷하게 생각하기 마련이야. 대동도 결국 알아채겠지, 기자들이 뭘 원하는지."

"그 전에 기자들을 우리한테 묶어 두는 게 전략이고 말이지?"

"맞아. 사실 더 많은 돈을 주면 기자들을 데리고 올 수 있 겠지. 하지만 힘들걸."

지금 대룡이 뿌리는 돈은 어마어마하다.

소위 인사라고 하는 수준을 훌쩍 넘어가고 있다.

"그들이 봤을 때 언론은 이미 대룡의 손아귀에 있어. 그러 면 그들은 언론에 적대적으로 나올 수밖에 없지."

중립일 때, 이익을 공유하면 넘어온다는 걸 알면 적절하게 공유한다.

하지만 이미 적으로 분류되어 버렸다면 그들은 절대로 그 냥은 못 넘어간다.

"첫 번째 전략이, 대동과 언론을 찢어 둔다?"

손채림이 작전을 확인하듯 묻자 노형진은 고개를 끄덕거 렸다.

"저들의 적응이 늦어지면 좋겠지만 말이지."

아예 사이가 틀어질 정도로 말이다.

⚖

"뭐요?"

대동의 홍보 팀은 자리에서 벌떡 일어났다.

"그게 무슨 말입니까! 그 지면은 우리한테 주기로 했잖아요!"

신문에서 제일 비싼 지면은 어디일까? 당연히 1면이다.

그중에서도 1면 하단 광고 가격은 어마어마하다.

당연히 그만큼 효과가 있는 곳이고.

그래서 그곳에 광고를 올리기로 되어 있던 대동의 홍보 팀은 발끈했다.

─그건 그런데, 위에서 이번에는 대룡에 넘기라고…….

"장난합니까? 그거 벌써 두 달 전에 예약한 건데!"

─하지만 돈을 주지는 않으셨잖아요.

한국 진출을 위해 가장 중요한 것은 이미지 개선 작업이다.

당연히 상당한 돈을 들여서 광고를 준비하고 있었다.

"미리 이야기가 되어 있지 않았습니까!"

─하지만 위에서 대룡 광고를 올리라는 이야기가 나왔어요.

"이런 미친!"

─미안해요. 다음번에는 꼭 미리 계약금을 걸어요.

그러고는 뚝 끊어지는 전화.

담당자는 '쾅' 소리가 나게 전화를 내리찍었다.

"뭐야? 또야? 이번에는 어디야?"

"〈주간개성〉입니다."

"이런, 씨발! 이 새끼들이 돌았나?"

홍보를 하기 위해 미리 잡아 둔 자리.

그곳에, 이번에도 대룡이 들어가기로 했다는 것이다.

"장난해, 그 새끼들? 한두 곳도 아니고 열 곳이 한꺼번에?"

"어떻게 된 거죠, 과장님? 이거 일이 틀어진 겁니까?"

"틀어졌으니까 이런 일이 벌어지는 거지, 이 새끼야!"

과장은 입술이 바짝바짝 말랐다.

안 그래도 언론에서 신나게 물어뜯고 있어서 이미지가 개떡이 되고 있다.

당연히 이런 시기에는 홍보에 열을 올려야 한다.

그런데 정작 그걸 할 수가 없게 되어 버린 것이다.

"이게 무슨 말도 안 되는 상황이야."

과장은 머리를 부여잡았다.

위에 올라가서 깨질 생각을 하니 죽을 것 같았다.

"그런데 생각해 보면, 억울한 건 우리 아닙니까? 회사에 계약금 달라고 몇 번이나 이야기했는데도 못 받은 거잖아요. 그런데 이제 와서 우리한테 뭐라고 한다 한들⋯⋯."

"니미! 회사에 그딴 게 어디 있어! 일 틀어지면 무조건 아랫놈 책임! 그거 몰라!"

부하 직원들은 입을 삐쭉 내밀었다.

하지만 어쩌겠는가, 실제로 그런 것을.

'하지만 너무 억울하잖아.'

애초에 계약금만 줬어도 이런 일은 벌어지지 않았을 것이다.

하지만 계약금을 요청할 때마다 상부에서는 구두계약으로 충분하다고 했다.

그럴 수밖에 없는 게, 그들이 예약한 광고의 계약금만 수십억이다. 그걸 쥐고 있으면 그만큼 이자가 많이 나온다.

한 푼이라도 벌려고 하는 기업 입장에서 그걸 쉽게 포기할 리 없다. 그러니 여태껏 안 주고 버틴 것이다.

"염병."

과장이 욕설을 하는 그때, 갑자기 새파랗게 질린 직원 하나가 뛰어들어 왔다.

"과장님! 이 새끼들이……!"

"뭐?"

"이걸 보십시오! 원래 우리 자리에 들어온 광고입니다!"

"대룡 새끼들이야!"

대룡이 자리를 빼앗아 간 건 알고 있다.

그러니 대룡 광고가 올라갈 거라고 생각했다.

그런데 직원의 표정이 심상치 않았다.

"이걸 보십시오!"

다급하게 신문을 건네는 직원.

그걸 본 직원들은 얼굴이 사색이 되었다.

"이런 미친 새끼들!"

⚖

대룡은 다릅니다.

대룡은 점주님들과 함께합니다.

대룡마트가 여러분들과 함께하겠습니다.

대룡마트에서 점주님들을 모십니다. 투자가 필요한 분들은 언제든 연락 주십시오.

간단하지만 효과적인 광고다.

대놓고 대룡은 다르다고, 대룡마트를 만들 테니 투자하라는 광고.

"이게 다른 광고와 다른 거야?"

손채림은 고개를 갸웃하며 물었다.

자리를 빼앗으면 물건이나 이미지 광고를 할 줄 알았다.

하지만 대룡에서 투자받을 마트 사장을 모집하다니?

"투자받지 않을 거라며?"

"그럴 거야. 마트 입장에서는 대룡의 투자를 받아도 의미가 없지. 뭐, 당장 망할 것같이 힘든 몇 곳은 모르지만."

노형진은 어깨를 으쓱했다.

사실 이걸 보고 연락할 사람이 많지 않을 거라는 걸 안다.

"그런데 왜 비싼 돈을 줘 가며 이걸 올려?"

이 지면을 사기 위해 쓴 돈이 적지 않다.

더군다나 광고란을 팔지 않으려고 하는 신문사의 높은 분들에게 적절한 인사도 해야 했으니 그 돈도 제법 되었다.

"저격하려고."

"저격?"

"그래."

"그게 뭔데?"

"대놓고 싸움 거는 거지."

해외에서는 경쟁 기업들이 서로 상대방을 저격한다.

물론 저격한다고 해서 약점을 물어뜯는 건 아니다.

"보통은 상대방 기업을 살짝 희화하지. 가령 A사의 지난 핸드폰을 얼핏 보여 주면서 '넌 아직도 구닥다리 쓰는구나?'라고 하는 식으로."

악의적이지는 않지만, 자신들이 더 낫다는 식으로 어필하는 것이다.

"법적으로 문제없어?"

"없어. 뭐, 그 물건에 대해 허위 사실을 유포하나 비방을 하는 거라면 문제가 되겠지만, 자기 물건이 더 좋다는 식으로 말하는 건 법적으로 허용되는 수준이지."

광고에 저거 똥차 혹은 결함투성이라고 하면 문제가 된다.

하지만 저거보다는 내가 나은 것 같다는 표현은 충분히 인정되는 방식이다.

"그런데 이렇게 저격하면 뭐가 달라지는데?"

"일단 대룡의 이미지가 좋아져."

이미 대동은 국민들을 빨아먹는 기업으로 언플이 되어 있다.

그에 반해 대룡은 투자하겠다며, 연락 달라고 한다.

"일단 국민들이 받는 느낌이 다르지, 후후후."

"그거 말고는 의미가 없잖아. 어차피 안 모인다면서?"

"안 모일 거야. 하지만 우리가 노린 건 마트 사장이 아니라 대동이야."

"응?"

"이러한 저격 광고는 해외에서는 흔해. 하지만 아시아계에서는 흔하지 않지. 특히 일본이나 한국은 더더욱."

서로 관련이 있어서 그런 것도 있지만, 예를 중심으로 하는 문화상 이런 걸 도발로 받아들이기 때문이다.

"그래서 일본은 이런 거 아예 안 올려 줘."

"그런데?"

"저 애들은 아직 한국 언론에 익숙하지 않아. 다른 기업들은 이걸 '평범한 저격성 광고구나.' 하고 생각하겠지. 하지만 대동은 그런 광고를 모르잖아. 아마 마음 한구석에서는, 언론이 자신들이랑 척진다고 생각하고 있을걸."

"아하!"

자신들에게 꼬리를 치던 언론이 아니다.

돌이킬 수 없는 강을 건넜다.

"더군다나 자신들이 들어갈 자리를 빼앗고 이런 광고를 했어. 이번 광고를 보고 상당히 뚜껑이 열리겠지."

그리고 그들은 진짜 척지기 시작할 것이다.

"그러면 아주 재미있어질 거야, 후후후."

신동우는 부들부들 떨었다.

한국 진출은 어렵지 않게 할 수 있을 거라 생각했다.

아예 제로에서 시작하는 것도 아니고, 재계 순위가 낮다고 하나 엄연하게 한국에 기업이 있는 상황이니 말이다.

"이게 지금 말이 됩니까! 아니, 저 새끼들이 왜 우리를 이렇게 물어뜯는 겁니까!"

"아무래도 우리에게 적절한 인사를 요구하는 것 같습니다."

"인사?"

"그렇습니다."

아무리 모른다고 하지만 몇몇 사람들에게 물어보면 답은 나온다.

그러니 그들이 답을 내는 것은 어려운 것이 아니었다.

문제는 그 이후다.

"무슨 인사? 그놈들이 우리를 저격했어요. 그런데 우리더러 고개를 숙이고 들어가라고요?"

"사장님……."

"사장이고 나발이고, 저놈들이 우리를 먼저 공격했는데 우리가 먼저 고개를 숙이는 게 무슨 대책입니까!"

원래대로라면 적절하게 돈을 쥐여 주고 그 후에 자연스럽게 그들의 도움을 받아서 일을 진행했을 것이다.

하지만 노형진 때문에 저격당한 거라 생각한 신동우는, 절대 그럴 생각이 없었다.

그는 일본에서도 절대적인 갑으로 살아온 남자다.

그런 그가 고개를 숙인다?

"현 시간부터, 언론 광고를 전면 금지합니다."

"사장님?"

생각지도 못한 말에 다들 눈을 크게 떴다.

"이 새끼들이 말이야, 개가 주인을 알아보지 못하고 물어뜯으면 그 개는 잡아먹는 게 올바른 겁니다."

일본 유수의 언론도 자신들을 저격하지는 못한다.

그런데 고작 그 10분의 1도 안 되는 한국 언론이 자신들을 물어뜯는다?

신동우는 용납할 수가 없었다.

"언론과 전쟁을 합니다. 지금부터 우리뿐만 아니라 우리와 거래하는 모든 회사 그리고 계열사까지, 우리를 저격한 언론에는 광고를 넣지 않습니다."

"그건……."

"내 말에 항명하는 겁니까?"

신동우의 말에 다들 고개를 숙였다.

그 역시 다른 재벌들처럼 본인이 절대적 제왕이라고 생각한다.

당연히 그의 말을 거부하는 사람을 놔두는 타입이 아니다.

"시행하겠습니다."

이로써 싸움은 걷잡을 수 없이 커지기 시작했다.

"신동우가 다른 언론사들과 거리를 두기 시작했다고 하더군."

"예상대로네요."

"단순히 저격 광고를 올렸다는 이유로?"

"지금껏 단 한 번도 당해 보지 않은 일이니까요."

유럽이나 미국은 이러한 저격 광고가 흔하다.

그래서 일종의 위트로 받아들이지만, 그들은 아니니까.

"일본은 문화상 저격 광고라는 게 인정되지 않습니다. 대놓고 상대방을 비꼰다? 이건 같이 죽자는, 일종의 결투 신청이나 마찬가지거든요."

"그래서?"

"아마 당분간은 광고 자체를 하지 않을 겁니다. 그리고 언론사도 그들의 행동에 빡치겠지요."

물론 재계 순위가 높은 기업들, 10위권 내의 기업들이 광고를 안 한다고 하면 난리가 날 것이다.

하지만 대동의 한국에서의 재계 순위는 38위.

"그 정도면 비벼 볼 만하거든요."

"일본은 더 큰데?"

"일본에는 언론사 지부가 없지 않습니까?"

"아하!"

정확하게는, 한국 언론사의 능력은 해외까지 가지 못한다.

어차피 한국, 그러니까 자기네 안방에서 싸울 테니 해외의 순위는 의미가 없다.

"도리어 여기서 밀리면 다른 기업들이 만만하게 보고 이탈하려고 할지도 모르지요. 그런 눈치가 보이는 것도 사실이고요. 종편이 왜 생겼다고 생각하십니까?"

"이해가 가네."

전임 대통령은 주변의 반대에도 불구하고 종합 편성 채널을 만들어서 신문사들에 안겨 줬다.

그럴 수밖에 없는 게, 시대가 발전하고 뉴스의 중심이 신문에서 인터넷으로 넘어간 후에, 언론에서 공격하는 방식으로는 상대방을 묻어 버리는 게 어려워졌기 때문이다.

"전이라면, 언론에서 하나 물어뜯으면 대책이 없었습니다."

해명을 내놔 봐야 그걸 언론사들이 알려 주지 않으면 그만이고, 설사 알려 준다고 해도 반박문과 함께 올리는 게 보통이다.

아 다르고 어 다른 게 언론이니까.

"하지만 인터넷이 생기면서 얼마든지 해명할 수 있게 되었고, 사람들은 신문보다는 인터넷을 통해 여러 가지 정보를 접할 수 있게 되었죠. 당연히 기존 메이저 언론사들의 힘이 빠질 수밖에 없죠."

당연히 언론사의 힘이 약해질 수밖에 없는 구조다.

"그래서 만들어진 게 종편입니다. 물론 현재로써는 종편이 초창기입니다. 그리고 그 파워가 워낙 달리죠."

종합 편성 채널이 생긴 지 얼마 안 된 상황이다 보니 대부분의 종편은 말 그대로 죽을 쑤고 있다.

"알고 있네. 사실 우리도 하고 싶었지만…… 허허허."

유민택은 아쉽다는 듯 말했다.

'그래, 그럴 거라 생각했다.'

사실 대룡은 종편을 운영할 만한 충분한 능력이 된다.

당장 노형진의 말에 따라 만든 인터넷 방송국이 있으니까.

거기에다 종편을 살리기 위해 전임 대통령이 PPL(방송 내 간접광고)를 상당히 풀어 줬기 때문에, 대룡이 종편을 만들게 된다면 대다수 프로그램을 들고 가기만 하면 되는 것이었다.

"그런데 떨어졌네. 아쉬워."

"아쉬운 게 아니라, 애초에 안 될 거 아시지 않았습니까?"

"끄응…… 그렇기는 한데……."

대룡은 바보가 아니다.

시도는 해 본다고 했지만, 상대방의 목적을 모르는 바가 아니다.

"전임 정권의 목적은 종편을 바탕으로 언론 통제 능력을 다시 살리는 거였으니까."

그러니 성향을 본다면 진보에 가까운 대룡에 그 기회를 줄리 없다.

"그것도 그거고, 만일 대룡이 종편에 들어가면 다른 종편이 어떻게 될 것 같습니까?"

"응?"

"종편 보십니까?"

"안 보네."

"저도 안 봅니다. 지금 종편의 평균 시청률이 소수점 한 자릿수입니다. 1%만 찍어도, 그냥 대박도 아니고 초초초대박 수준인 겁니다."

그럴 수밖에 없다.

워낙 목적이 뚜렷하게 만들어져서 국민들의 반감도 심한데다가, 방송에서 나오는 말이 모조리 북한 이야기뿐이니까.

"오죽하면 '조선 민주주의 인민 방송국'이라는 말까지 나오겠습니까."

"몇 곳이 그렇기는 하지."

유민택도 고개를 끄덕거렸다.

이는 농담이 아니다.

애초에 경험도 없는 언론사들이 방송국을 만들었으니, 콘텐츠를 만들 능력이 안 된다. 그래서 그들은 목적에 충실하게 하루 종일 북한 이야기만 떠들고 있다.

그런데 재미도 없는 북한 이야기를 누가 보겠는가?

그들 말대로라면 그걸 계속 보면 북한을 추종하는 종북 주의자가 되지만, 그걸 보지 않아도 '종북 좌빨'이 된다.

보면 북한 소식이 궁금한 종북이 되고, 보지 않으면 북한에 부정적인 이야기는 보지 않으려 하는 종북이 되는 것이다.

"거기에다 우리가 인터넷 방송국을 만들면서 사람들을 싸그리 빨아들였지요."

"그래, 아마 각 방송국에 남은 사람들은 얼마 안 될 거야."

충분한 경험이 있는 사람들 중 오지 않은 이들은 회사에 대한 충성심으로 남은 사람들이다.

당연히 종편으로도 가지 않는다.

그리고 그 후에 들어온 사람들은 검증되지 않은, 말 그대로 초짜들이다.

"설마?"

유민택은 말하다가 흠칫 몸을 떨었다.

막대한 돈이 드는 인터넷 방송이었다.

사실 인터넷 방송은 적자는 안 보지만 흑자 폭이 큰 것도 아니다.

애초에 기회를 잡지 못하는 사람들에게 기회를 주는 성향이 강했고.

하지만…….

"충분한 콘텐츠를 제작할 힘과, 거기에 출연할 사람들을 데리고 있지요."

"알고 있었던 건가?"

"그냥…… 가능성을 봤을 뿐입니다."

인터넷 방송국이 막 활동을 시작할 때, 종편은 말 그대로 일부에서 떠드는 망상 같은 것이었다.

종편 제도 자체가 여론에 밀린 전임 대통령이 다급하게 만든 제도이기도 했고.

"으음……."

유민택은 침묵을 지켰다.

"종편의 가장 골치 아픈 부분은 콘텐츠와 광고입니다."

"그래."

종편에 출연하는 사람들을 보이콧하자는 이야기가 나올 정도로, 사람들은 종편을 좋게 보지 않는다.

"그들이 아무리 돈을 들이부어도 없는 사람을 만들어 낼 수는 없습니다. 그건 돈이 아닌 시스템의 영역이니까요."

"종편에 콘텐츠를 공급한다?"

"네."

그러면 그동안은 방송국들, 정확하게는 종편과 그 관련 신문사들이 철저하게 대룡의 편에 설 수밖에 없다.

"허, 자네 무섭구먼. 설마 노린 건가?"

"노린 건 맞습니다. 다만 이렇게 빨리 써먹게 될 줄은 몰랐지요."

노형진은 어깨를 으쓱했다.

"지금 종편과 언론은 다급합니다. 사실 종편에 들어간 돈 때문에 몇몇 언론은 대동에 꺾일 수도 있는 상황이지요."

들어간 돈은 몇십조 단위인데 수익은 터무니없이 낮다.

권력을 확보하기 위해서라고 하지만, 돈이 없으면 권력도 없다.

"하지만……."

유민택은 눈을 찌푸렸다.

그럴 수밖에 없는 게, 지금 종편의 시청률을 그도 알고 있기 때문이다.

애국가 시청률이 평균 0.3%라고 한다.

과거에 방송이 다 끝난 뒤에 나오던 애국가 방송의 시청률을 말하는 건데, 쉽게 말해서 TV를 켜 놓기만 해도 그 정도는 나온다는 것을 뜻한다.

하지만 종편은 0.1%대의 프로그램도 있는 판국이다.

"종편은 살아남습니다."

"확실한가?"

"네."

"정말 그건 확실한 거지?"

"네."

"알겠네."

유민택은 씩, 미소를 지었다.

"그러면 자네가 저지른 일을 스스로 처리할 준비가 된 건가?"

"네? 그게 무슨 말씀이신지?"

"콘텐츠 제공 계약 말일세. 자네가 나서서 이끌어야지."

"아니, 그걸 왜 제가 합니까, 회장님 아래에 사람이 몇 명인데!"

"하지만 자네가 노리는 게 뭔지 아는 사람은 없지. 그리고 자네가 저지른 걸 자네가 수습하지 않으면 누가 하겠나?"

"그건……."

노형진은 그 순간 아차 싶었다.

혹시나 새어 나갈까 봐 지금까지 말하지 않았던 계획이다.

당연히 자신의 계획을 다른 사람들은 모른다.

그리고 설사 지금 알게 된다고 하더라도, 지금은 대동과 전쟁 중이다.

만에 하나 그들에게 새어 나간다면 기를 쓰고 방해할 것이다.

"어떤가? 자네 말고 할 사람이 있나?"

노형진은 자기 꾀에 자기가 걸렸다는 걸 알아차렸다.

"네."

졸지에 귀찮은 일을 하게 된 노형진의 얼굴은 왠지 똥 씹는 표정으로 변할 수밖에 없었다.

"노형진 변호사입니다. 대룡의 위임을 받고 나왔습니다."

"채널조선의 전수광 부장입니다."

고개를 뻣뻣하게 들고 있는 그를 보면서 노형진은 왠지 입맛이 썼다.

저들을 만난 건 협상 때문이다.

뭐, 자신들의 콘텐츠 제공 문제도 있지만.

"대룡이 저희에게 광고를 주셨으면 합니다."

"광고요?"

"그렇습니다. 회당 4천입니다."

'이게 말이야, 막걸리야?'

노형진은 어이가 없다는 표정이 되었고, 옆에 있던 대룡의 홍보 팀 부장 역시 기가 차다는 듯 언성을 높였다.

"회당 4천요? 지금 그걸 말이라고 하시는 겁니까?"

"나쁜 조건은 아니라고 생각합니다. 전국으로 송출되는 방송이고……."

"전국 송출 방송을 찾으려면 교육 채널을 찾아가지 왜 당신들을 만납니까?"

"지금 우리를 그따위와 비교하는 겁니까?"

"그따위? 하!"

부장은 기가 막혔다.

원래는 좋게 웃으면서 시작되어야 하는 회의인데 저들의 행동을 보니 답이 안 보인다.

"회당 4천이라는 게 비싼 겁니까?"

노형진은 그를 보면서 물었다.

사실 전략은 잘 알지만 자세한 사실은 자신도 모르기 때문이다.

"일반적으로 회당 4천은 공중파 광고료입니다."

"그래요?"

"네, 회당 2천부터 시작하고, 보통 4천입니다. 뭐, 인기가 많은 프로그램일수록 더 비싸지고 억 단위도 나가기는 합니다만."

부장은 상대방을 무서운 눈빛으로 노려보면서 조용히 말했다.

"한마디로 개소리하는 겁니다, 저거."

시청률은 애국가만큼도 안 나오면서 회당 4천이라는 것은, 그냥 돈을 빼앗겠다는 뜻이다.

"좋은 기회 아닙니까?"

웃으며 말하는 전수광 부장.

"저희와 관계를 돈독하게 할 수 있는 기회이기도 하고요."

"돈독하게요?"

"그렇습니다. 저희의 본사는 거대한 신문사이지요. 그들의 도움을 받는다면, 대룡도 손해는 아닐 겁니다."

'역시 소문이 사실이었군.'

종편 초기에 이런 소문이 돌았다.

광고가 안 팔려서 도무지 수익이 안 나오자, 위에서 협박을 통해 강제로 광고를 따 왔다는 소문.

실제로 지금은 고개를 뻣뻣하게 들고 회당 4천을 이야기하지만, 나중에는 1회에 4천, 보너스 4회 더라는 괴상한 방식까지 동원할 만큼 광고가 안 붙었다.

그리고 저들은 명백하게 협박하는 거다, 광고를 주지 않으면 본사에서 너희들을 씹겠다는.

"뭔가 잘못 아시나 본데…….."

노형진은 피식 웃으며 그의 말을 잘랐다.

"저희는 여러분한테 광고를 의뢰하러 온 게 아닙니다."

"뭐요?"

"저희는 여러분들한테 프로그램을 팔려고 온 겁니다."

"프로그램을 팔아?"

"그렇습니다. 아실 텐데요? 대룡은 인터넷 방송국이 있습니다. 여러분만큼은 아니겠지만, 그 영향력은 상당하지요."

앞에 있는 세 사람은 움찔했다.

사실 인사치레로 한 말일 뿐, 대룡의 인터넷 방송국의 영향력은 이들의 회사를 아득하게 넘어서고 있다.

오죽하면 대룡이 종편을 신청했을 때 대부분의 사람들은 허가될 거라 생각했다.

경험도 프로그램도 있는 데다, 자체 촬영까지 가능했으니까.

"그래서요?"

"그래서 저희는 프로그램 판매에 관한 이야기를 할 수 있는 사람을 보내 달라고 한 건데요."

"저희에게 광고를 사시면 사 드리겠습니다."

"얼마나요?"

"프로그램마다 다르겠지만, 회당 2천은 드릴 수 있습니다."

'도둑놈의 새끼들.'

30초 미만의 광고를 4천에 사라면서, 한 시간짜리 프로그
램을 회당 2천에 사겠다니.

"그러면 더 이상 대화할 가치가 없을 것 같군요."

"뭐요?"

"더 이상 이야기할 가치가 없다고요. 일어나죠."

입을 쩍 벌리는 전수광 일당.

"이만 가 보겠습니다. 아, 이거 더치페이로 하죠. 법카는
가지고 오셨지요?"

"이봐요!"

"그럼 이만."

제대로 이야기도 하지 않고 나오는 노형진을 보고 대룡의
부장은 기겁했다.

"변호사님!"

"네?"

"아니, 아무리 화가 나신다고……."

말을 흐리기는 했지만 뻔하다.

이렇게 파투를 내면 뒤통수가 근지러울 거라는 거다.

"압니다. 하지만 걱정하지 마세요. 저놈들은 별거 아닙니다."

"네?"

"다른 두 곳이 문제지요."

종편의 총 채널 수는 다섯 개.

그중 미래에 제대로 돌아가는 곳은 두 곳뿐이다.

결국 나머지 세 개는 거의 영향력이 없다.

'애초에 그들만 잡으면 된다는 거지.'

"그런데 왜 이들을 만나신 겁니까?"

"살짝 잽을 날린 겁니다."

"잽을?"

"네, 저놈들은 누구든 모가지 하나 날아가야 일을 하거든요, 후후후."

노형진은 씩 웃었다.

⚖️

얼마 후, 다른 종편에서 다급하게 연락이 왔다. 당장 프로그램을 사고 싶다는 이야기였다.

"의외군. 이렇게 다급하게 나올 줄은 몰랐는데?"

"전에 말씀드렸잖습니까? 경험이 없으니까요."

사실 원래 역사대로라면 이들은 막대한 자금으로 공중파에서 사람을 끌어가 자리를 잡아야 한다.

하지만 이미 대롱이 끊어간 이상, 그들에게는 사람을 끌어 갈 방법이 남아 있지 않았다.

"종편은 종합 편성 채널의 준말입니다. 다시 말해서 다양한 프로그램을 배치해야 한다는 거죠."

"하지만 채널조선은 안 그러잖나?"

"거기야 뭐, 막장이니까요."

노형진은 어깨를 으쓱했다.

"하지만 다른 곳들은 아닙니다. 지금 자리를 잡아야 하는 시점이지요."

다행히 다른 방송국의 사장들은 그나마 좀 깨어 있는 사람들이었다.

최소한 지금 상황이 멀쩡하지 않다는 것은 알고 있었으니까.

"그들과 협상을 통해 판매를 시작할 겁니다. 그리고 그들의 본사에서는 대동을 좋게 볼 수가 없겠지요."

자신들이 다급한 상황에서 숨통을 조이려고 했으니까.

"아마 볼만해질 겁니다, 후후후."

노형진은 미소를 지었다.

⚖

"어때?"

"적당하게 기름을 치고 있어. 그런데 말이야, 이해가 안 가는데."

"응?"

"채널조선은 막장이라고 했잖아. 그런데 왜 그들에게 뇌물을 주는 거야?"

손채림은 정말 이해가 가지 않는다는 듯 물었다.

노형진은 채널조선이 막장이며 조금의 가치도 없다고 했다.

그런데 왜 그런 곳의 관리자들에게 뇌물을 주는지, 손채림은 이해가 가지 않았다.

"척지고 싶지 않아서."

"어디서 구라 치지 말고. 네가 누굴 무서워해서 뇌물을 준다고? 야, 너랑 알고 지낸 게 몇 년인데 그런 말을 해?"

노형진은 씩 웃었다.

그러고 보니 참 오래 알고 지내기는 했다.

"틀린 말은 아니야."

"설마……."

"그리고 그들이 영향력을 얻지 않기를 원하니까."

"응?"

"쓰레기가 버티게 해야 그 쓰레기통을 쓰레기통이라 부를 수 있는 거야. 완전히 깨끗하게 씻고 말리면 재활용이 가능해지지."

"아…… 너 설마……."

"에이, 망하게야 하겠냐?"

물론 망하게 하지는 않는다.

다만 망하지만 않을 뿐, 평균 시청률 1% 이하의 지방방송보다 못한 곳이 될 것이다.

"저들은 아마 이번 일로 우리한테 앙심을 품을 거야. 다른 곳과 공급계약을 했으니까."

물론 노형진은 기회를 줬다.

하지만 거절한 건 그들이다.

"보복을 막기 위해서는, 쓰레기들이 위에 있어 줘야 해."

"무서운 놈."

노형진의 말에 손채림은 질렸다는 듯 고개를 흔들었다.

"어찌 되었건, 네 말대로 언론에서 지속적으로 때리고 있어."

그냥 때리는 게 아니다.

대놓고 대동의 동남아 공략법을 이야기하면서 계획적인 접근이라고 때리고 있다.

당연하게도 생각지도 못한 방식의 접근에 대동은 당혹감을 감추지 못했다.

"지금까지는 해외에서 대동이 어떤 식으로 경제를 집어삼켰는지를 공격한 나라는 없었으니까."

노형진은 피식거리며 말했다.

"아마 당분간은 찍소리도 못 할 거야."

"그러면 이제는 어쩔 거야? 사실 이 상황에서 바뀐 건 없잖아. 네가 그랬잖아, 어차피 차명으로 만든 후에 그 기업을 구입하는 방법을 쓸 거라고."

"그래."

노형진은 고개를 끄덕거렸다.

"이럴 때는 같이 죽자고 덤비는 거지."

"어?"

"사람들을 자극할 때 가장 좋은 소재가 뭔지 알아?"

"뭔데?"

"애국심이야."

"애국심? 설마 대동 물건 사지 않기 같은 걸 하자는 거야?"

"천만에."

애초에 대동의 물건이 없는 건 아니지만, 불매운동을 한다고 해서 타격을 입을 정도는 아니다.

"말했잖아, 같이 죽자고 덤비는 거라고."

신동우는 이를 박박 갈았다.

설마 이 정도까지 공격이 들어올 줄은 몰랐다.

"우리 전략에 대해 누가 흘린 거야?"

"아무래도 대룡 같습니다, 사실상 우리가 그들에게 선전포고를 했으니……."

"미친놈. 그렇다고 이런 식으로 싸우자는 거야? 도대체 전략 팀은 무슨 생각을 하는 거야!"

"죄송합니다."

한국 진출의 가장 좋은 전략은 다른 기업들의 공통의 적을 공격하는 거라고 했다.

그게 바로 대롱이었다.

사회적인 책임을 다하는 기업으로 활동하면서, 자연스럽게 다른 기업들에 부담으로 다가왔기 때문이다.

전쟁이 시작되면 누구도 대롱을 도와주지 않을 테고, 그들의 지분을 집어삼키는 것이 전략의 기본이었다.

그래서 호기롭게 대통령과 함께 선전포고를 해 버렸는데…….

"고작 마트 하나 진출하는데 이 정도 고생을 한다고?"

어이가 없어서 말이 안 나온다.

사실 선전포고를 하기는 했지만 저쪽에서 이렇게 적극적으로 방어할 거라고는 생각도 못 했다.

일반적으로 그런다고 해도 상황을 봐 가면서 싸움을 준비하지, 고작 동네 마트들 지키겠다고 거품 물고 달려들 줄은 몰랐던 것이다.

"일단은 기자들을 달래는 게 우선이겠군."

억울하고 화나기는 하지만, 신동우는 바보가 아니다. 오히려 상당히 유능한 사람이다.

일이 이 지경이 되면 일단은 고개를 숙여야 한다는 것 정도는 알고 있다.

하지만…….

"그게…… 힘들 것 같습니다."

"힘들다? 무슨 소리야? 힘들다니?"

"한국에서 방송국을 따로 만들었는데…….'

"방송? 무슨 방송?"

종편에 대해 잘 모르는 신동우는 반문했고, 부하는 그런 그에게 착잡한 목소리로 설명해 줬다.

종편이라는 것이 생겼는데 제대로 된 프로그램을 제작하지 못해서 고생이라는 점, 그리고 그러한 종편에 대룡이 콘텐츠 공급계약을 했다는 점 등등.

"그 말은?"

"아무래도…… 우리가 이제 와서 화해의 손을 내밀어 봐야 의미가 없을 듯합니다."

"뭐야!"

양질의 콘텐츠를 단시간 내에 만들어 내는 것은 어렵다.

하지만 기존에 있던 콘텐츠를 사다가 틀어 주는 건 어렵지 않다.

"이미 방송에서, 대룡에서 만든 콘텐츠를 틀어 주고 있습니다."

"큭…….'

신동우는 이를 악물었다.

자신이 전혀 예상하지 못한 일이다.

"죄송합니다."

"방법은?"

화내는 것은 이만하면 충분하다. 이에 대한 대가는 나중에 치르면 된다.

그렇다면 방법은 하나뿐.

"플랜 B뿐입니다."

"시간이 늦어지겠군."

그 방법을 쓰면 시간이 걸린다.

그리고 후계자 싸움에서 불리해진다.

"어쩔 수 없지."

그는 이를 까드득 갈았다.

⚖

－대동, 마트 진출 포기 선언

뉴스에 대문짝만 하게 찍혀 있는 소식.

대동이 마트 진출을 포기하겠다고 공식적으로 발표한 것이다.

다들 승리했다고 좋아했지만…….

"역시네. 이제 플랜 B를 쓰겠지."

노형진은 피식 웃으며 말했다.

"그런데 이런 것에 속다니. 하아, 얼마 전에 뉴스에서 나간 거 못 봤나?"

"아무래도 그걸 다 믿는 사람은 없지. 거기에다가 안다고 해도 막을 방법도 없고."

"그러면 어쩌지?"

"어쩌긴."

노형진은 어깨를 으쓱했다.

"저들이 플랜 B로 나간다면 우리도 플랜 B로 나간다."

탐욕은 끝이 없다

플랜 B, 대동의 대응책이다.

그리고 노형진은 그게 뭔지 안다.

"그들은 분명히 차명으로 체인점을 낼 겁니다."

"그럴 걸세."

지금이야 언론에서 때리고 난리를 치니까 대놓고 공격은 하지 못하겠지만, 그렇다고 해서 쉽게 포기할 리도 없다.

"하지만 여전히 문제가 있네. 그들이 내는 체인점이 어떤 건 줄 알고?"

유민택은 걱정스럽게 말했다.

매년 수많은 가게들이 생기고 사라진다. 마트 같은 경우도 마찬가지다.

그들 중 대동의 끄나풀이 누군지는 알 수가 없다.

"그건 어렵지 않습니다. 체인점을 내기 위해서는 따로 신고해야 하니까요."

"신고?"

"네. 개인 사업자와 다르게 체인점은 체인점 사업자로서의 별도의 신고가 있어야 합니다."

"흠……."

유민택은 고개를 끄덕거렸다.

확실히 자신이 기억하기에도 그랬다.

"하지만 그 숫자가 적지는 않을 텐데?"

실제로 체인점을 내려고 허가를 신청하는 사람들은 생각보다 많다.

그냥 개인 사업자로 내도 되지만, 개인 사업자로 하다가 장사가 잘되면 바로 확장할 생각으로 미리 체인점 허가를 내는 것이다.

"그건 걱정하지 않으셔도 됩니다. 사실 마트라는 곳은 대부분 체인점을 안 내거든요."

"그거야 알지. 사람들이 무시해서 그렇지, 마트는 생각보다 기본 자금이 많이 들어가니까."

손채림도 안다는 듯 고개를 끄덕거렸다.

"아마 매년 마트 체인점을 내는 수는 스무 개 업체 이하일 겁니다."

"하지만 그들을 어떻게 걸러 낸다는 건가?"

그게 문제다.

그들에게 접근해서 일일이 '너희, 대동 끄나풀이지?'라고 물어볼 수도 없고.

"투자 의향을 물어보세요."

"뭐라고?"

"저쪽도 대리인을 내세웠으니 이쪽도 대리인을 내세우는 겁니다."

"그래서?"

"이쪽에서 투자 여부를 타진하고 조율하는 겁니다."

"흠?"

"회장님의 말씀대로 마트는 생각보다 초기 자본이 많이 들어갑니다. 그리고 체인점화를 노리고 마트를 여는 사람이라면, 당연하게도 투자를 받아들일 겁니다."

투자가 잘 들어온다면 2호점을 내는 건 물론이고 급속도로 성장할 수 있으니까.

"하지만 마트는 투자가 필요 없다고 하지 않았나?"

"기존의 마트라면 그렇지요."

확장의 의지도 없고, 이미 다 진열해 놨다.

투자한다고 해 봐야 그 돈으로 할 수 있는 건 별로 없다.

확장하는 데에는 훨씬 더 많은 돈이 필요하니까.

"하지만 새로운 곳은 아닙니다. 이제 막 돈이 들어갑니다.

투자를 받으면 더 화려하게, 더 좋게 꾸밀 수 있지요."

당장 자신의 투자금과 동일한 자금이 들어온다고 하면 2호점을 바로 개설할 수 있다.

그러면 자신의 수익 역시 줄어들긴 하겠지만, 그 대신 훨씬 빠르게 성장해서 자연스럽게 성공할 수 있다.

"대마불사……."

한국 특유의 문화.

기업이 크면 실패하지 않는다는 믿음.

"투자금을 들고 흔들면 당연히 관심이라도 보여야 합니다. 협상하다가 파투를 내더라도 말이지요."

하지만 그럴 필요가 없다면, 아니 그럴 수가 없다면 어떤 소리가 나올까?

"관심도 안 보이겠군."

"네."

"좋은 생각이군. 미끼를 물지 않는 게 그들이 대동의 휘하라는 가장 큰 증거인 셈이야."

배가 부르니까.

당연히 그들로서는 받아들일 이유가 없다.

더군다나 대룡의 투자를 받는다면, 대동에 기업을 넘길 때 대룡의 허가도 받아야 한다.

당연히 그들 입장에서는 받아들일 수가 없는 투자인 셈이다.

"오, 그런 방법이 있었구나!"

"하지만 그런다고 해서 이길 수 있는 방법이 있을까?"

"있지요."

노형진은 씩, 미소 지었다.

"일단 찾으면 되는 겁니다, 후후후."

⚖

사실 노형진은 국민마트가 어떤 곳인지 안다.

전국의 지역 마트들을 말려 죽여 가면서 전국적으로 확장했으니까.

하지만 자신이 미래를 안다고 말할 수 없으니 적당한 방법을 찾아낸 것이다.

당연히 가장 먼저 접근한 것이 바로 국민마트였다.

"투자요?"

"네. 광고 보셨지요? 저희 대룡에서는 여러분들의 발전을 위해 투자를……."

노형진이 설명을 시작하자마자 대표는 다 듣지도 않고 절레절레 고개를 흔들었다.

"필요 없어요."

"네?"

"그 돈 없어도 우리는 자본금 충분해요."

"아니, 그러지 마시고. 저희는 여러분들과 상생을 하기 위해서…….”

“아, 상생이고 나발이고, 우리는 투자받을 생각이 없어요.”

고민도 하지 않고 딱 잘라서 말하는 사장, 임하연.

“저는 여러분들을 안 믿어요. 상생? 그딴 게 어디에 있어요? 우리 스스로 알아서 잘할 테니까 걱정하지 말아 주세요.”

“저희는 광고에서 보여 드렸다시피 투자를 통해서…….”

“필요 없다니까요. 이만 나가 주세요.”

확실하게 선을 긋는 그녀를 보고, 노형진은 입맛을 다시면서 일어났다.

축객령이 떨어진 이상 버티고 있으면 그건 주거침입에 해당된다.

“알겠습니다. 안녕히 계십시오.”

노형진이 아무런 말도 하지 않고 나오자 손채림은 슬쩍 눈치를 보다가 따라 나오면서 물었다.

“저거 아무리 봐도 맞는 것 같은데 그냥 나와?”

“그러면? ‘너희 대동이지?’라고 하면서 싸움 걸어?”

“으음?”

“빨리 움직여야지.”

“그게 급한 일이야?”

“저들이 대동과 이야기가 되어 있다면, 이제 어떻게 하겠어?”

“아하!”

당연히 대동에 이번 일을 보고할 것이다.

그리고 대동도 바보가 아닐 테니 이번 사건에 대해 눈치챌 것이다.

"그러니까 우리도 빨리 움직여야 해."

노형진은 흡족하게 웃었다.

⚖

"뭐라고?"

신동우는 임하연의 보고를 받고 당황했다.

"대룡에서 투자하고 싶다고 찾아왔다고?"

─네, 사장님. 그놈들이 저희한테 접근해서 대룡의 이름을 팔면서 투자하고 싶다고 하더군요.

"뭐라고 했지?"

─일단은 거절했습니다.

"잘했어."

그는 이를 악물었다.

설마 투자라는 방식으로 접근할 줄은 몰랐다.

"하필이면······."

투자하면 자신들의 이익에 따라 대룡도 돈을 가지고 간다.

당연히 대룡을 밟아 버린다는 계획에 심각한 차질이 생기는 셈이다.

"이번 일은 우리가 알아서 해결하도록 하지."

-알겠습니다, 사장님.

스피커폰을 끈 신동우는 눈을 찌푸렸다.

그리고 좌중의 사람들을 바라보았다.

"어떻게 생각하나?"

"아마도 투자를 통해 지분을 확보하려는 전략인 듯합니다."

"지분 확보?"

"그렇습니다. 저들이 우리가 이런 작전으로 나올 것을 예상하고 있었다는 소리입니다."

"크흠…… 골치 아프군. 어떻게 안 거지?"

"익숙한 방식이지 않습니까? 다른 나라에서도 써먹은 방식이고요. 사실 대룡쯤 되면 모르는 게 더 이상합니다."

더군다나 언론사에서 자신들의 방식을 나불거리면서 한번 때리고 지나갔는데 모른다는 건, 대룡이 말도 안 되게 무능하다는 소리가 된다.

"애매하군."

신동우는 눈을 찌푸렸다.

동남아에서는 이런 고생을 하지 않았다.

그쪽은 딱히 규모도 크지 않았고, 설사 규모가 있다고 해도 자신들에게 대응할 정도의 기업은 없다고 봐도 무방했으니까.

"한국의 경제인들을 만만하게 보지 않으셨으면 합니다."

원래 한국 지사장이었던 남자가 입을 열자 신동우는 무서운 눈빛으로 그를 노려보았다.

한국에서 쫓겨난 가문의 장자인 그에게 한국은 원수 그 이상도 그 이하도 아니었다.

그런데 감히 그 앞에서 한국을 편들다니.

"이 사람이!"

그걸 아는 다른 사람이 다급하게 지사장의 옆구리를 찔렀다.

"아니야. 놔둬."

그런데 의외로 신동우는 그런 그를 말렸다.

적을 잘 알면 그만큼 승률은 높아지니까.

"말해 봐."

"한국은 땅이 작습니다. 그래서 필연적으로 아귀다툼이 심해집니다. 안 그래도 작은 파이를, 서로 뜯어먹으려고 하지요."

"그래도 한국은 아시아에서는 경제 대국에 속하지 않나?"

"아시아에서는 그렇습니다. 물론 일본에 비할 바는 아니지요. 하지만 일본과 다른 점은, 이권 단체가 많다는 점입니다."

"이권 단체가 많다?"

"서로 뜯어먹는 싸움에 익숙하지요."

"흐음……."

"하지만 일본은 그런 문화에 익숙하지 않습니다."

확실히 그 부분은 신동우도 조금 알 것 같았다.

일본은 소위 유사 민주주의 상태라고들 한다.

위쪽은 사실상 과거의 귀족이나 성주처럼 군림한다.

그리고 아랫사람들은 철저하게 그들의 명령에 따른다.

또한 위쪽은 하나의 조직처럼 굳어져 있다.

경제인뿐만이 아니다.

심지어 정치조차, 아버지가 물러나면 아들이 국회의원 자리를 물려받는 것을 당연히 여길 정도로 공고하다.

"하지만 한국인들은 서로 뜯어먹으려고 합니다. 그들에게 영원한 아군은 없습니다. 성화 사건을 보십시오."

"성화라……."

"성화가 무너질 거라고 누구도 생각하지 않았습니다. 하지만 성화는 무너졌고, 다른 기업들은 그런 성화를 갈가리 찢어 먹었습니다. 일본이었다면 어땠을까요?"

"일본이었다면……."

신동우는 잠시 침묵을 지켰다.

성화와 대룡의 싸움. 그걸 모르는 사람은 없다.

아무리 한국에서 벌어진 싸움이라고 해도, 그 충격은 어마어마했으니까.

'하긴…… 일본 같으면 말도 안 되는 일이지.'

상대방 기업을 집어삼키기 위해 후계자들을 암살한다?

그 정도 막장 기업은 일본에 없다.

물론 그들이 막장인 것도 있지만, 그 파급력 때문에 그런 짓을 하는 걸 두려워한다.

나쁜 짓이기는 하지만 그러한 욕심을 부리지 않는 일본의 문화는 어쩌면 힘이 빠진 상태라고 할 수 있었다.

"설사 그런 일이 벌어졌다고 해도, 상대방이 무너질 때까지 싸우지는 않을 겁니다."

"흠……."

확실히 그렇다.

일본이라면 정치권이나 다른 기업들이 중재하고, 적당한 배상을 하는 선에서 무마되었을 것이다.

그러나 한국은 그렇지 않다.

중재했는지는 알 수 없지만, 결과적으로 성화는 무너졌다.

그리고 다른 기업들이 갈가리 찢어 먹었다.

"우리 대동에 문제가 있다고 보는 거군?"

신동우는 차갑게 그를 바라보았다.

"네."

"그 문제가 뭐지?"

"제대로 싸워 본 적이 없습니다."

"싸워 본 적이 없다?"

"이번 일도 그렇습니다. 초반에 언론의 제스처는 적절한 인사를 하라는 것이었습니다. 하지만 대동은 지금까지 그런 신호를 받아 본 적도 없고, 설사 있다고 해도 무시할 만한 힘이 있었지요."

"그건 그렇지."

"하지만 대룡은 그걸 알아보고 잽싸게 공격해 들어갔습니다. 사실상 대동은 애초부터 언론을 적으로 두고 *싸움*을 시작한 겁니다."

언론이 해외에 진출할 일이 없는 이상, 언론사들이 지금의 대동에 엿을 먹이는 건 부담스러운 일이 아니다.

아무리 대통령이 도와준다고 해도 프락치라는 이유로 지지율이 낮은 현 대통령이니 언론과도 척지는 것은 부담을 느낄 수밖에 없다.

그래서 당했고, 그래서 그 전까지 회의에 참석하지 못하던 지사장이 여기에 들어올 수 있었다.

"우리는 여기를 잘 모르니까 그런 거 아닌가."

누군가 변명하듯 말했다.

"그게 문제입니다. 저들은 여기를 잘 알고 우리는 잘 모릅니다. 한국 속담에 이런 말이 있습니다. 똥개도 자기 동네에서는 반은 먹고 들어간다."

"똥개?"

"네, 그만큼 본진의 힘이 강하다는 것입니다. 거기에다 대동이 지금까지 싸운 상대들은 대다수 동남아 국가들입니다. 제대로 된 대기업 자체가 없다고 봐도 무방한 곳들이지요."

"흠……."

"그들은 성장을 위해 대동 같은 큰 기업을 유치하려고 노력하는 곳들입니다. 거기에다 적절한 뇌물은 금상첨화였죠.

하지만 한국은 다릅니다. 다른 곳과 다르게, 이미 주인인 똥개가 있습니다."

"무슨 뜻인지 알겠군."

신동우는 고개를 끄덕거렸다.

한국은, 지금까지 공략했던 다른 나라들과 확실히 다르다.

"거기에다 한국인들 중 상당수는 반골 기질을 가지고 있습니다."

"반골 기질?"

"네. 위에서 하는 걸 좋게 보지 않는다는 거죠."

"흠……."

신동우는 잠깐 고민했다.

확실히 그런 면이 있다.

일본보다 훨씬 진취적이지만, 그에 상응해서 훨씬 공격적이다.

위로 가기 위해서는 다른 이들을 밟고 올라가야 하기 때문이다.

"좋게 말하면 한국의 힘이지만, 나쁘게 말하면 무한 경쟁의 폐해입니다. 사실 한국과 중국 외의 아시아 국가들은 대부분 우리가 집어삼키지 않았습니까?"

"그건 그렇지."

"이유는 아실 거라 생각합니다."

두 나라는 일본 기업에 대해 정서적으로 반대 입장이 강하다.

중국은 거기에다 정부 자체에서 일본 기업을 차별하는 성향이 심하다.

한국 역시 국민들이 그런 성향이 강하고.

"그들과 싸우기 위해서는, 기존 전략으로는 안 됩니다."

"그렇다면?"

"장학생들을 적극적으로 써야 합니다."

"장학생들?"

"그렇습니다. 저 역시 본사의 장학생이었습니다."

"……."

"사장님의 아버님께서 선견지명으로 만들어 두신 것입니다. 그들을 이용하면 우리는 거부감을 상당수 피할 수 있습니다. 현재 한국에는 극단적 차별로 인해, 취업 자리만 준다면 영혼이라도 팔 놈들이 많으니까요."

"호오."

신동우의 눈빛이 반짝거렸다.

"좋아, 그건 본사에 물어보도록 하지. 그래, 이번에는 어쩌면 좋겠는가?"

"이번에는 초고속으로 확장하는 게 중요하다고 생각합니다."

"확장?"

"네. 대룡은 이번에 우리 회사를 집어삼키려고 했습니다. 하지만 그동안 성화와 싸운 방식을 분석해 보면, 실패한 이상 그들도 이쪽에 진출해서 땅따먹기를 하려고 덤벼들 겁니다."

"음……."

"그들이 움직이기 전에 우리가 미리 확장하고 세력을 키워 둔 후 그들의 진출을 막는다면, 우리가 압도적인 우위에서 싸울 수 있습니다."

신동우는 고개를 끄덕거렸다.

다소 기분 나쁜 발언이 있기는 했지만 확실히 그의 말이 맞다.

"이름이 전관서라고 했나?"

"그렇습니다, 사장님."

"다음 회의부터 꼭 참석하도록."

"감사합니다."

전관서는 자리에서 일어나서 고개를 푹 숙였다.

그리고 주먹을 꽉 쥐었다. 드디어 기회를 잡았다고 말이다.

"지금부터 가게를 무조건적으로 확장한다. 최대한 빠르게! 그리고 언론사에 적당한 뇌물을 주면서 입 다물게 만들어."

"네."

"절대로 대룡이 마트 시장에 진출하게 해서는 안 된다."

"알겠습니다."

입을 모아 답하는 모두의 모습에, 신동우는 자신도 모르게 입가에 승리자의 미소를 떠올렸다.

"역시나."

무서울 정도로 확장하기 시작하는 국민마트를 보면서 노형진은 입맛을 다셨다.

노형진의 예상대로 자신들의 전략이 대동에 파악당한 것이 확실했다.

그렇지 않다면 저들이 이런 식으로 다급하게 확장하지는 않을 것이다.

"이 정도로 확장할 줄은 몰랐네. 벌써 50호점까지 확장했어. 보고에 따르면 이번 주 내로 열 개 점포가 더 오픈한다고 하더군."

"흠……."

노형진은 유민택의 말에 소파에 기대앉아서 곰곰이 생각했다.

'역시 전관서의 작품이겠지?'

전관서.

이런 말 하긴 그렇지만, 난놈은 난놈이다.

회귀 전에는 일개 직장인으로 시작해서 대동 한국 지사장을 거쳐 결국 대동 한국의 대표까지 올라간, 입지전적인 인물이니까.

'문제는 능력과는 별개로 철저한 친일파이자 반한파라는

거지. 어쩌면 당연한 건데…….'

일본은 한국에 친일파를 심기 위해 사력을 다해 왔다.

그중 하나가 진짜 재능이 있는 사람들을 전폭적인 지원을 통해 자기편으로 만드는 것이다.

그런 지원을 받은 사람들 중 상당수는 일제강점기는 한국으로서는 축복이라고 지껄이고 다니고, 일본군에 성 노예로 끌려갔던 위안부 할머니들을 매춘부라고 매도한다.

문제는 그렇게 지원받은 놈들이 정치권에까지 들어간다는 거다.

"뭘 그리 고민하나?"

"일본의 장학생들이 이제 들어올 겁니다."

"일본의 장학생들이라니?"

"지금까지 일본은 재능이 있는 한국의 젊은이들을 몰래 후원해 왔습니다."

"왜?"

유민택이 고개를 갸웃했다.

노형진은 길게 설명하지 않았다. 어차피 그런 전략은 다 하니까.

"대룡도 장학생을 많이 지원하지 않습니까? 그 규모만 커진 겁니다."

유민택의 얼굴이 어두워졌다.

장학생.

진짜로 돈을 줘서 공부시켜 주는 사람이 아니다.

자신들의 돈을 받고 성장해서, 자신들을 지키는 방패들.

"일본은 그들을 국가 단위로 육성합니다. 특히 대동은 그런 쪽으로 유명하지요."

"그런데 그들이 들어온다고?"

"네."

노형진은 확실히 그들의 전략을 기억하고 있었다.

"그들이 들어와서 전면에 나섭니다. 지금 우리나라 국민들은 대동이 일본 출신 기업이라는 이유로 거부감을 가지고 있지요. 하지만 한국인이 전면에 나서면 그러한 반감은 많이 희석됩니다. 그와 동시에 한국인에게 일자리를 창출한다는 이미지를 적극적으로 어필하게 되지요. 아실 테지만…… 지금 한국은 '헬 조선'이라 불립니다. 20대 취업률이 최악이거든요. 취업만 할 수 있다면 뭐든 하겠다는 사람들이 넘쳐 납니다."

"기업인으로서 참으로 미안하군."

철저하게 착취 구조로 운영되는 한국 기업들.

성장에는 도움이 된다.

그런 상황에서 대동의 성장은 일자리를 제공하는 것으로 보일 수밖에 없다.

'현실은 타인의 일자리를 빼앗는 것이지만.'

노형진은 머리를 흔들었다.

그건 아직 먼 미래의 일이다.

이 싸움이 그렇게 단순하게 끝날 리도 없고.

"우리도 일단 적극적으로 확장해야겠군."

"적극적으로 확장하시겠다고요?"

"그래. 저들과 싸우려면 그래야 하지 않겠나."

"이런…… 제가 미리 말씀드리지 않았나 보군요, 후후후."

"응?"

"우리는 확장하지 않습니다. 아니, 확장하면 안 됩니다."

"뭐?"

유민택도 손채림도, 깜짝 놀랐다.

"아니, 그게 무슨 말이야?"

"우리도 확장하면 저들의 함정에 빠지는 겁니다."

"저들의 함정에 빠지는 거라고?"

"준비는 충분히 하셨습니까?"

"그건…….'

준비가 충분할 리 없다.

반면에 저들은 미리부터 준비했다.

최소 4년 이상은 준비했을 것이다.

그렇지 않다면 저런 식으로 확장하지 못한다.

최소한 마트를 낼 부동산은 확보했어야 하니까.

"돈도 마찬가지입니다. 저들은 충분한 자산을 만들어 놨
을 겁니다. 이 상황에서 우리도 확장한답시고 급전을 유통하

는 건, 대룡으로서는 불리하다 못해 죽을 맛일 겁니다."

"그건 그렇지."

급전을 유통한다는 것은 은행에서 돈을 빌린다는 뜻이고, 은행에서 돈을 빌린다는 것은 또 다른 약점을 만들어 낸다는 뜻이다.

"은행은 전 세계적인 유통망을 가지고 있습니다. 한국 내에서 활동하는 은행이라고 할지라도 다른 해외 기업과 금융 거래를 하지 않을 수는 없거든요. 그렇게 된다면 우리는 본진에서 벗어나 해외로 나가는 셈입니다."

그런데 그런 경우, 대동은 본사를 통해 은행을 압박하고 대룡에 제대로 엿을 먹일 수 있다.

"그러면 어쩌자는 건가?"

"일단 흉내는 내야지요. 눈을 가려야 하니까."

"눈을 가린다?"

"네. 놔두세요. 우리도 진출하는 척해야 합니다. 저들이 더 많은 가게를 낼수록, 우리는 유리해집니다."

노형진은 빙긋 웃으며 말했다.

"100호점 개점을 축하합니다!"

"와!"

짝짝짝!

임하연은 사람들의 환호를 받으면서 미소 지었다.

미리 준비되어 있었던 덕에 문제없이 100호점까지 개점할 수 있었다.

쿵짝, 쿵짝.

풍선으로 만든 키다리 인형이 휘날리고, 고용한 모델들이 전단지를 나눠 준다.

단 두 달도 안 되는 사이에 백 번째 점포까지 확장하는 데 성공했다.

"축하드려요."

"축하드립니다. 역시 대단하십니다."

"별말씀을요."

웃음을 지으면서, 임하연은 고개를 돌려서 자신의 마트 100호점을 바라보았다.

'이제 시작이야.'

물론 지금까지 준비해 둔 땅은 이게 끝이다.

이제 다른 곳들을 확보하기 위해서는 따로 땅을 구해야 한다.

하지만 그건 어렵지 않을 것이다.

'언젠가 대한민국을 모조리 덮어 버리는 거야.'

그녀는 대동의 장학생이었다. 그래서 이번 일에 동원되었다.

적당한 규모가 된다면 그 후에는 자연스럽게 이곳을 대동에 판다.

그리고 자신은 그 돈 중 일부를 가지고, 기업은 폐업 처리해 버린다.

당연히 현금으로 받은 그 돈은 다시 대동으로 가서 비자금이 될 것이다.

물론 그렇게 되면 수많은 사람들이 실업자가 되겠지만, 알게 뭔가? 자신의 주머니만 두둑해지면 된다.

100호점.

그 계획이 이제 슬슬 가능해져 간다.

회사에서 거래를 약속한 시점은 200호점이니까.

절반까지 온 것이다.

"축하드려요, 사장님."

"고마워요."

환호하는 사람들.

승리가 눈앞에 있는 상황.

이에 비해 대룡의 마트인 대룡마트는 이제 2호점을 냈다.

그나마도 지역 주민들이 상권을 죽인다고 게거품을 물어서 확장은 꿈도 꾸지 못하고 있다.

이겼다.

그녀는 그렇게 생각하고 있었다.

"사장님!"

그런데 저 멀리서 다가오는 직원의 표정이 다급했다.

"무슨 일이야?"

"큰일 났습니다!"

"큰일? 무슨 큰일?"

어리둥절한 표정이 된 임하연.

그런 그녀에게 직원은 뭔가를 내밀었다.

"이런 전단지가 동네에 돌고 있습니다."

"이건? 마트 전단지 아냐?"

"네."

"그게 뭐?"

자신들이 진출했으니 기존 마트들은 난리가 났을 것이다.

당연히 동네 마트들은 어떻게든 사람들을 자기네 쪽으로 계속 오게 하려고 발악할 것이다.

하지만 그게 가능할 리 없다.

애초에 체급 차이가 날 수밖에……

"이런 미친!"

임하연의 얼굴이 딱딱하게 굳었다.

전단지에 적혀 있는 글 때문이다.

"이게 지금 사실이야?"

"네! 사실입니다!"

"이런 개 같은!"

거기에 적혀 있는 말은, 임하연의 정신을 말 그대로 멘붕으로 몰아가고 있었다.

한우 파격 특가! 한우 100그램당 2천 원!

🜃

"미쳤군."

유민택은 도장을 찍으면서도 어이가 없었다.

"소가 그렇게 넘치나?"

"넘치죠. 아시지 않습니까? 작년에……."

"그건 그렇지."

작년에 구제역이 일어났다.

그러자 소값은 무서울 정도로 떨어졌다.

일반적으로 한우 기준 한 마리가 1,500만 원을 호가하던 것이, 지금은 700만 원도 되지 않을 정도였다.

"미친 짓이었지. 그때 죽은 게……."

"몇천 마리죠."

"알고 있네. 나라가, 하아……."

"뒷이야기를 아시나 보군요."

"모르겠나? 그래도 내가 경제인인데."

전임 대통령은 미국산 소고기를 수입하기 위해 많은 노력을 했다. 하지만 아직 미국산 소고기 광우병의 공포가 사라지지 않은 시점이었다.

"갑자기 구제역이 터졌는데 그걸 통제하지 못한 것도 이상하고……."

구제역이 터지면 전국적으로 퍼지기 전에 그 지역을 모조리 덮어 버린다. 사실 정도의 차이가 있을 뿐, 구제역은 매년 발생한다고 보면 된다.

그런데 작년에는 아예 통제 자체가 안 되었다.

당연히 전국으로 퍼졌다.

나중에 알고 보니 정부에서 쓰는 소독약이 소독 효과가 없다고 밝혀지기까지 했다.

"뭐, 악재가 겹쳤다고 이야기들 하는데……."

유민택은 씁쓸하게 웃었다.

악재가 겹쳐 구제역이 터졌다.

사실 구제역 백신이 있다.

그걸 쓰면 그 소는 1년간 도축하지 못하지만, 그래도 쓰면 어른 소는 살릴 수 있다.

그런데 정부에서 가진 구제역 백신은 모조리 불량품이란다.

"원래 소를 키우던 곳은 전국적으로 2만 호였습니다. 지금은 8천 호 정도 남았지요."

"결과가 어떻든 간에 말이지."

부족분을 메우기 위해, 그리고 어마어마한 양의 미국산 소고기가 들어왔다.

미국산을 먹는다고 광우병에 100% 걸린다는 것은 아니다.

하지만 그걸 들여오는 과정에서 미심쩍은 것이 너무 많았다.

"그때 왕창 채워 놓은 겁니다."

"왜?"

"돈 좀 벌려고요."

"고마워해야겠군."

매몰하면 거의 보상을 받지 못한다.

정부에서 주는 돈은 재기할 수 있는 수준이 안 된다.

"그래서 그런 곳들을 찾아다니면서 소를 왕창 구입해서 도축해 놨습니다. 뭐, 냉동이기는 하지만."

"냉동이면 어떤가? 한우인데."

맛에 있어서는 한우가 미국산을 압살하는 것이 사실이다.

"그걸 쌓아 뒀다가 팔면 돈 좀 되지요."

"얼마나 쌓아 뒀는데?"

"많습니다."

사실 이런 일이 벌어질 줄은 모르고 한 일이었다.

오로지 돈을 벌기 위해 한 일이었다.

알고 있는 미래는 어떻게든 써먹어야 하니까.

"그 당시 가격이 낮았다고 하지만, 아마 시간이 지나면 많은 분들이 재기하실 수 있을 겁니다."

충분한 돈을 줬으니, 그걸 어디다 쓸지는 본인 선택이다.

하지만 농민들이라면 아마 다시 일어나는 데 쓸 것이다.

'한우 좀 싸게 먹어 보자, 이것들아.'

터무니없이 비싸진 미래의 한우 가격이 생각난 노형진은

고개를 절레절레 흔들었다.

"최소한의 마진으로 드리는 거니까 이익은 없을 겁니다."

"이익은 필요하지 않아."

유민택은 피식 웃었다.

"우리도 나름 미끼 상품을 많이 걸었는데 말이지. 그래도 역시 자네가 최고군."

유민택은 흡족한 표정이었다.

"과연 국민마트가 뭐라고 할지 두고 보자고, 후후후."

"이게 무슨 일이야?"

임하연은 계속되는 보고에 정신이 아득해졌다.

자신들이 세운 국민마트. 그 마트 주변의 상가들이 일제히 미끼 상품을 내걸었다.

미끼 상품이라는 것은 사실상 수익을 남기지 않는 형태로 싸게 팔면서 손님을 끌어모으는 용도로 사용되는 거다.

"라면에서부터 한우까지…… 이놈들이!"

주변 마트들에서는 일정 금액 이상 사면 아예 증정을 해 주거나 터무니없이 싼 가격으로 물건을 팔면서 손님들을 끌어가고 있었다.

"사장님, 큰일 났습니다! 매출이 급감하고 있습니다!"

"우리도 미끼 상품을 꾸려!"

기본적인 전략이다.

문제는 미끼의 질.

"하지만 사장님, 우리가 꾸릴 수 있는 미끼 상품의 질은 기껏해야 라면이나 휴지, 아니면 계란 정도입니다. 한우라 니…… 저 새끼들이 미친 겁니다!"

아무리 날고뛰는 재주가 있어도, 현 상황에서 미끼 상품으로 한우를 내민 그들을 이길 수는 없었다.

"이게 말이나 되는 거야?"

한우뿐만이 아니다.

그들은 자신들은 꿈도 꾸지 못한 물건들을 미끼 상품으로 밀어 넣었다.

닭고기나 돼지고기뿐만 아니라 생활용품들까지 온갖 미끼 상품을 밀어 넣기 시작하자, 국민마트의 매출은 말 그대로 바닥으로 떨어졌다.

"당장 본사에 전화해 봐! 어떻게든 이 상황에서 벗어나야 해!"

임하연은 소리를 질렀지만, 알고 있었다, 지금으로써는 방법이 없다는 것을.

⚖

신동우는 당혹감을 감출 수가 없었다.

물론 미끼 상품이 무엇인지는 그도 잘 안다.

가장 기본적인 마트의 홍보 수단이자, 가장 흔하게 쓰는 방식이니까.

그런데 그게 자신을 위협할 줄은 몰랐다.

"미끼 상품이라는 게 뭔데? 아니, 우리 쪽에서 뭘 어떻게 못 하는 거야?"

"그게…… 기회비용이라는 것이……."

"지금 내가 아무것도 모르는 초짜인 줄 알아! 누가 기회비용이라는 걸 모르냐고! 내가 묻는 건 대책 아니야!"

미끼 상품이라는 것은 그냥 주는 상품이 아니다.

얼마 이상 사면 어떤 물건을 준거나, 특정 물품을 싸게 파는 것을 뜻한다.

"우리도 미끼 상품을 내걸고 있습니다만……."

"이거 갖고 게임이 되냐고!"

미끼 상품이라고 내건 것이 고작해야 라면이나 계란이다.

그에 반해 상대방이 내놓은 것은 한우 같은, 평소에 쉽게 사지 못하는 비싼 물건들이었다.

"아무래도 대룡이 손쓴 것 같습니다."

"대룡이?"

"상식적으로, 작은 동네 마트에서 한우를 미끼 상품으로 거는 것은 불가능합니다."

아무리 냉동 한우라고 해도, 그런 게 가능할 리 없다.

애초에 한우는 대부분 냉장으로 소비되지 냉동으로 소비
되는 품목이 아니다.

그런데 냉동이라고는 하지만 한우라니.

"끄으으응."

신동우는 이를 악물었다.

"지금 피해가 얼마나 되지?"

"사실상 전 지점에서 매출이 급락했습니다."

기회비용이라는 게 있다.

어디서 돈을 쓰면 그만큼의 돈을 다른 곳에서 쓰지 못한다
는 뜻이다.

이번 사건을 본다면 한 마트에서 돈을 10만 원어치 쓴다면
다른 마트에서 10만 원어치의 장을 볼 이유가 없다.

대부분의 사람들은 날마다 장을 보기보다는 일정 시간마
다 한 번씩 사서 쌓아 두고 먹으니까.

그리고 그 기회비용을 빼앗기 위해 많이 쓰는 것이 바로
미끼 상품이다.

"적자 폭은?"

"그게……."

"적자가 얼마냐고 물었다."

"매달 10억쯤으로 예상하고 있습니다."

신동우의 얼굴이 살벌하게 변했다.

점포 수가 많다 보니 이런 문제가 생기는 것이다.

매달 10억. 1년이면 120억의 적자다.

"아무래도 마트에는 신선 식품이라는 게 있으니……."

공산품이나 냉동식품도 있지만, 그런 것만 살 거라면 동네 마트가 아닌 초대형 할인 마트에 가면 된다.

동네 마트에서는 바로 사서 바로 먹는 신선 식품이 중요한 것이다.

"그런데 손님이 오지 않아서 해당 물품을 모두 폐기 처리 해야 합니다."

일반적으로 그런 물품들은 오래되면 유통 회사에서 반품 처리한다.

하지만 대동마트, 아니 국민마트는 자체 유통 라인이 있기 때문에 반품할 곳도 없다.

반품 자체가 대동에 부담으로 다가오는 것이다.

반품된 물건을 다시 팔 수는 없으니까.

"대룡이 노린 게 이건 것 같습니다."

"빌어먹을."

신동우는 이를 빠드득 갈았다.

하지만 아무리 머리를 굴려 봐도 뒤집을 수 있는 방법은 없었다.

결국 손해를 보지 않기 위해서는 철수하는 것 말고는 답이 없었다.

"미끼 상품은 생각보다 얼마 안 하거든."

노형진은 손채림을 바라보며 어깨를 으쓱해 보였다.

그녀가 과연 이게 얼마나 큰 힘인지 궁금해했기 때문이다.

"거기에다 기본적으로 미끼 상품이라는 것은 원가에 제공한다는 거지, 우리가 손해 보며 판다는 건 아니야."

"그래서 대룡에서 원가에 제공한 거잖아?"

"그렇지."

노형진이 가지고 있던 고기뿐만 아니라 여러 가지 물건들을 미끼로 주변 마트에 제공했다.

그 결과, 사람들은 그러한 물건을 얻기 위해 자연스럽게 그곳으로 향했다.

"저들이 왜 그런 걸 몰랐지?"

"저들은 기업이라는 곳은 무조건 이득을 봐야 한다는 생각만 하고 있으니까."

그러니 미끼 상품을 제공한다고 하더라도 원가보다는 비싸게 받으려고 할 게 뻔하다.

설사 그 이하로 받는다고 해도, 비싼 물건은 공급하지 않으려고 할 것이다.

"하지만 우리는 아니지. 우리는 손해를 감수하더라도 상대방이 영업만 안되게 하면 되는 거야."

대룡이 주변 마트들에 뿌린 미끼 상품이라 해 봐야 매달 1억 정도일 것이다.

그러면 1년에 12억 정도.

그 정도 손실을 감당하지 못할 대룡이 아니다.

"하지만 아무래도 대동은 상황이 다르지. 공룡 기업의 딜레마라고 해야 하나?"

"딜레마?"

"대마불사라는 말도 물론 있지만, 반대로 덩치가 커지면 비용도 많이 들어가거든."

당장 인건비와 가게 유지비, 재고 관리, 신선 식품의 보관 및 관리 등등, 생각보다 마트에 들어가는 돈은 많다.

"대룡의 입장과는 정반대지."

대룡은 어차피 들어간 돈이 거의 없다.

그냥 너만 죽이겠다고 돈을 뿌리면, 적은 돈으로 많은 미끼 상품을 뿌려서 손님을 끌어올 수 있다.

"하지만 대동은 어쩔 수 없지."

강제로 손님을 끌어와 봐야, 그들이 많은 양을 사는 것도 아니다.

그렇다고 지금 와서 충분한 미끼 상품을 확보한다?

"그건 불가능하지."

당연히 백 군데에 달하는 마트가 오래 버틸수록 손해액은 점점 커질 수밖에 없다.

"그런데 이렇게 쉽게 포기한다고?"

"쉽게 포기하는 게 아니야. 포기할 수밖에 없는 거지."

대룡은 매달 1억에서 2억 정도의 적자를 각오하고 미끼 상품을 들이밀 수 있다.

그건 어렵지 않다.

"하지만 상대방은 아니지. 왜냐하면 백 개라는 거대한 규모가 있으니까."

"그게 그거 아니야? 특가 상품이 들어가는 점포의 수만 따지만 대룡이 더 많을 것 같은데."

그들을 고사시키기 위해서는, 단순히 같은 수의 가게에 돈을 넣어서는 안 된다.

주변의 최소 두 곳에 넣어야 한다.

"하지만 미끼 상품 외에 다른 고정 지출은 없지. 그들과 다르게."

"그래도 여전히 불리하잖아?"

"여전히 불리하지. 하지만 말이야. 여기서 문제는 뭐냐면, 국민마트는 대동이 아니라는 거야."

"응? 대동이 세운 게 맞잖아?"

그곳을 대동이 세우고 나중에 집어삼키는 형태로 구입하는 것으로 알고 있었다.

그런데 대동이 아니라니?

"그들은 국민마트를 나중에 집어삼키는, 눈 가리고 아웅 하는 형식을 취하려고 했지."

"그렇지."

"다시 말해서, 현재 국민마트는 대동에 속한 게 아니라 전혀 다른 곳이라는 거야."

"아하! 외부적으로는 모르지만 법적으로는 별개라는 거네?"

"그래. 그리고 대동은 그걸 돈 주고 사야 한다는 거지."

아마 가격이 정해져 있을 것이다.

그리고 그 돈을 주고 사야 할 것이다.

문제는 현재 국민마트가 제대로 영업이 되지 않고 있다는 것.

당연히 대동이 미리 정한 가격은 현재로서는 터무니없이 비싼 금액일 수밖에 없다.

망해 가는 가게를 그 돈을 주고 산다면 모두가 뭐라고 할 것이다.

"대동은 주식회사야. 당연히 말이 나올 수밖에 없지."

국민마트는 대동에서 돈을 빌려주어 만든 게 아니다.

대동이 은행에 압력을 가해서, 국민마트가 돈을 빌린 것이다.

당연히 대동이 국민마트를 구입한다면 그 빚 역시 갚아야 한다.

"동네 사람들에게는 계속 사은품과 더불어 그들이 친일파라는 사실이 주지되고 있지."

매출이 줄어들 수밖에 없다.

물론 그들이 진짜 미친 척하고 돈을 들이부어서 국민마트를 인수할 수도 있겠지만, 그건 말 그대로 상처뿐인 영광이다.

"결국 남은 선택은 하나뿐이야. 손 터는 것."

철저하게 손해만 보는 기업을 사려고 하는 사람은 없다.

"우리가 이겼어, 후후후."

⚖

"사장님!"

임하연은 사색이 된 얼굴로 부들부들 떨었다.

은행에서 대출까지 받고 투자자들을 모집해서 만든 국민마트다.

이미 그렇게 설명했기에 투자자들은 국민마트가 차후에 대동에 팔린다고 알고 있고, 철석같이 믿고 있다.

그런데…….

"이번 일은 없었던 걸로 하지."

신동우는 차갑게 말했다.

"하지만 그러면 저희는 진짜 고사합니다!"

"제대로 했어야지."

"하지만 상대는 대룡입니다!"

대동이 전폭적으로 지지해 줘야 버틸 수 있다.

하지만 신동우는 질 수밖에 없는 싸움에 돈을 들이부을 생각이 없었다.

"우리는 해 줄 만큼 해 줬다. 그걸 못 받아먹은 것은 네가 잘못한 거야."

"사장님!"

"끌어내."

"잠깐만요! 사장님! 사장님!"

임하연은 비명을 질렀다.

이대로 끌려 나가면 자신은 끝장이라는 걸 누구보다 잘 알고 있었으니까.

하지만 경비원들은 마치 대기하고 있었던 것처럼 그녀를 끌어냈고, 채 10분도 지나지 않아서 그녀는 대동의 건물 앞에 패대기쳐졌다.

"이게 무슨……?"

일본으로 초청받아서 공부하고 자리를 잡고 충성을 다했다.

매국노라는 소리까지 들어 가면서 친일파로 활동했다.

하지만 자신에게 남은 건 망해 가는 기업 하나와, 무려 200억에 달하는 빚이다.

절대로 재기할 수도 없는 그런 상황.

"이건 꿈이야. 이건 꿈일 거야……."

그녀는 터벅터벅 걷기 시작했다.

꿈이라고 생각하면서, 지금 이 순간이 지나가면 자신은 다시 사장실에 있을 거라면서.

그때 하늘에서 비가 쏟아지기 시작했다.

하지만 그녀는 비를 피하지 않았다. 피할 생각도 하지 않았다.

그저 맞으면서 걸을 뿐이었다.

"흑흑흑."

그 비가 알려 주는 것 같았다.

자신이 끝났다는 사실을.

자신이 버려졌다는 사실을 말이다.

빵빵!

그 순간 옆에서 들리는 경적.

고개를 돌려 보니, 고가의 세단 한 대가 서 있었다.

임하연은 그 안에 있는 남자를 보고 침을 꿀꺽 삼켰다.

"타겠나?"

자신에게 물어보는 남자, 유민택.

그녀는 주변을 둘러보았다.

비를 쫄딱 맞고 울면서 걸어가는 자신을 미친년 보듯이 하는 사람들.

그중에 대동의 사람이 있을까, 없을까?

그녀가 아는 대동이라면, 있을 것이다.

"타겠나?"

다시 한번 던져지는 짧은 질문.

하지만 그 안에 담겨 있는 수많은 의미들.

그녀는 입술을 깨물었다. 그리고 그를 향해 고개를 90도로 숙였다.

"충성을 다하겠습니다."

"타게나. 비는 오래 맞으면 안 좋아."

"감사합니다."

그녀는 눈을 질끈 감았다가 차에 올라탔다.

회장도 운전사도, 흠뻑 젖은 그녀에게 아무런 말도 하지 않았다.

"가지."

차는 천천히 움직이기 시작했고, 역사 또한 전혀 다른 쪽으로 움직였다.

"아이고, 나 죽네!"

"넌 얼굴 볼 때마다 반쪽이 되어 간다."

손채림은 친구를 불쌍하다는 듯 바라보았다.

"일이 힘들어서 그래. 간호사 일이 그렇지, 뭐."

고개를 절레절레 흔든 손채림의 친구는 힘없이 소주를 입에 털어 넣었다.

"차라리 술을 안 먹는 게 나을 텐데?"

"속 터져서 그래, 속 터져서."

손채림의 친구 서양선의 목소리에는 짜증이 가득 담겨 있었다.

"뭐가 그렇게 속이 터지는데?"

"씨발, 그 완전 미친 수간호사 년 때문에."

"또?"

친구들은 질렸다는 듯한 표정으로 반문했다.

가끔 그녀를 만날 때마다 듣는 이야기가 바로 그것이다.

미친년 하나 때문에 회사, 아니 병원이 개판이라고.

"그년이 또 뭔 일인데?"

"이번에 선배 하나 결혼했거든."

"그런데?"

"그 선배가 사정이 있어서 서둘러서 치른 결혼이야."

그녀의 아버지는 시한부 환자였다.

그 상황에서 아버지의 소원은 단 하나.

하나뿐인 딸이 시집가는 것을 보고 죽는 것이었다.

"다행히 그 선배가 교제 중인 남자도 있었고……."

단순 교제가 아닌 결혼을 전제로 만나는 사이였고, 상대 집안에서도 좋게 보고 있었기 때문에 결혼은 예정된 수순이었다.

"아버지 소원이니까 결혼을 서두르자고 이야기가 나온 거지."

"그런데?"

"씨발, 수간호사 그 개미친년이 뭐라는지 아냐? 어디 버릇없게 선배보다 먼저 결혼하냐고, 결혼식 참석 금지령을 내렸다?"

"뭐?"

"아니, 그년 진짜 미친년 아냐?"

이것이 법이다

"아, 진짜 더러워서. 결혼식장이 부여라서 버스를 대절했다고! 두 대나!"

그런데 참석한 사람은 고작 여덟 명이었다.

정면에서 반기를 든 간호사 두 명과, 서무 쪽 직원 여섯 명.

"이게 뭔 개 같은 소리야?"

손채림은 그녀의 말을 들으며 혀를 끌끌 찼다.

자기보다 먼저 결혼한다고 참석 금지령?

"선배는 이 일로 그만둔대. 아, 진짜 안 그래도 사람 부족해서 죽겠는데. 그 선배, 일 엄청 잘한단 말이야. 그 선배가 그만두면 토 나올 텐데. 진짜 그때는 나도 그만둘 거야. 내가 여기 나가면 갈 곳이 없는 줄 알아?"

이를 박박 가는 서양선.

한국은 간호사가 상당히 부족하다.

그러니 지금 다니는 병원을 그만둔다고 해서 취업을 못 하지는 않는다.

"그래도 대학 병원이 월급은 잘 주니까 버틴 거지. 그냥 다른 종합병원에 가 버릴까."

"그년, 전에도 사고 한번 치지 않았냐?"

다른 친구가 뭔가 기억난다는 듯 되물었다.

"무슨 사고?"

"아, 채림이 넌 지난번에 빠져서 모르겠구나. 그 미친년이 있잖아……."

"내가 말할게. 그년 씹는 건 내 안주야. 그 미친년이 자기보다 먼저 임신했다고 후임을 얼마나 갈궜는지, 애가 배 속에서 죽었어. 씨발, 개년."

"허?"

손채림은 그 말을 듣고는 진짜 미친년이라는 생각이 들었다.

유산이라니? 유산이라니?

"아까 자기보다 먼저 결혼한다고, 결혼식 참석 금지했다며?"

"그랬지."

"그러면 결혼도 안 했는데 뭔 임신을 가지고 지랄이야?"

"아, 내 말이! 그게 말이 되냐? 결혼이라도 하고 지랄을 하든가, 결혼도 안 하면서 왜 지랄이냐고."

"나이가 몇인데?"

"서른여덟 살."

"음…… 적은 건 아닌데."

"그런 개쌍년을 누가 데려가냐? 그런데 결혼하고 임신하는 건 순번이 있으니까, 자기가 결혼해서 임신하기 전까지 결혼하고 임신은 금지래, 이 미친년이."

"자기가 결혼하고 임신하기 전까지?"

"그게 말이나 되는 소리야? 내가 병원에 취업한 거지 어디 수녀원에 들어간 거냐? 그년 결혼하기를 기다리느니 차라리 우리 원장하고 이사진이 머리 깎고 중 되는 걸 기다리겠다!"

물론 그건 당연히 불가능한 소리다.

그녀가 다니는 곳은 기독교 계열의 대학 병원이니까.

"그년 때문에 아주 다 타서 재가 되겠다! 재가 되겠어!"

서양선은 다시 술을 입안에 털어 넣었다.

안 그러면 열 받아서 오늘 못 잘 것 같았다.

"그 정도야?"

"간호사들 태움이야 원래 유명하잖아."

"태움?"

사정을 모르는 손채림이 고개를 갸웃하며 묻자, 다른 친구가 아무것도 모르는 그녀에게 이야기를 해 줬다.

"태움이라고, 몰라?"

"모르지. 그게 뭔데?"

"아…… 여초 현상이 심한 기업들에 있는 일종의 서열이야."

"서열은 무슨, 그냥 학대지."

툴툴거리는 서양선.

친구는 그런 그녀의 말을 무시하고 간략하게 설명했다.

"쉽게 말해서 군대랑 비슷한 거지."

철저한 서열화와 상명하복으로 이루어진 시스템.

문제는 철저한 상명하복이라는 이유로 그 터무니없는 괴롭힘과 가혹 행위 그리고 모욕과 부당 행위가 인정된다는 것이다.

오로지 단 하나, 선배라는 이유로 말이다.

"양선이네 그년같이 미친 년이 많은 건 아니지만."

하지만 병원에서 순번을 가지고 임신하는 경우는 흔하며, 순번이 아닌 경우에 임신하면 수간호사나 선배 간호사가 낙태를 종용하는 경우도 종종 있다는 것이다.

"미친년들."

손채림은 질린 표정이었다.

그녀는 그런 태움을 겪어 본 적이 없으니 이해가 가지 않았다.

"아오…… 미치겠다. 진짜 그만둘까?"

서양선은 연이어 폭음을 하면서 이를 박박 갈았다.

"그냥 다 때려치워서 엿이나 먹으라고 할까?"

"그럼 좋지."

"하, 그런데 그러면 그년 때문에 내 후배들이 또 엿 먹으니까."

고개를 절레절레 흔드는 서양선.

"그러고 보니 채림이 너, 변호사 사무실에서 일하잖아."

"그렇지."

"거기는 이런 일 없어? 거기도 만만찮은 여초잖아."

"없는데."

새론은 철저하게 팀제로 운영된다. 딱히 다른 팀의 여직원과 싸울 일이 없다.

그리고 그런 식으로 분란을 일으키면 회사에서는 100% 해고해 버린다.

분란을 일으키는 놈은 기업을 좀먹는 암이나 마찬가지라고 생각하기 때문이다.

"그 개년 좀 어떻게 엿 못 먹이나?"

서양선은 진짜 쌓인 게 많은지 계속 툴툴거렸다.

"노조에서는 뭐라 안 해?"

"그년들이 노조 대표인데, 뭐."

"의사들은?"

"아, 씨…… 말도 마. 남친한테 말했는데 자기도 방법이…… 헙!"

말을 하던 서양선은 자신도 모르게 입을 틀어막았다.

실수였다.

하지만 눈치 빠른 사람들은 이미 눈을 반짝거리고 있었다.

"의사들은 뭐라 하냐고 물어봤는데 왜 남친 이야기가 나와?"

"오오, 남친이 의사?"

"몇 짤?"

"아니, 그게……."

"얌전한 고양이가 부뚜막에 먼저 올라간다더니."

"아…… 음……."

"저년, 그만둔다고 지랄 지랄 하면서 진짜로 때려치우지는 않더니, 다 이유가 있었네."

"그렇지……. 근접 경호해야지. 노리는 애들이 한두 명이겠어?"

졸지에 비밀이 탄로 나자 입을 삐쭉거리는 서양선.

"아, 몰라!"

"그런데 남친도 못 해 준대?"

"의사랑 변호사는 개별이잖아."

"뭔 소리야?"

"어, 같지만 같은 하늘은 아니다?"

"그건 또 뭔 소리래? 같은 병원에서 일하면서."

"남친 표현을 빌리자면…… 무림하고 관하고 비슷하다는데? 그게 뭔 소리인지는 모르겠지만."

다들 이해하지 못한다는 표정이 되었지만, 손채림만은 무슨 뜻인지 알겠다는 얼굴로 고개를 끄덕거렸다.

"같은 공간에 있지만 서로 터치는 하지 않는 거야."

"그래?"

"그래."

무협 소설에서 보면, 무림에서의 일은 무림에서 자체적으로 해결한다.

관, 그러니까 정부가 나서는 일은 거의 없다.

만일 그렇지 않다면 무협 소설에서는 주인공이 나서기도 전에 정부에서 마고고 사파고 싸그리 밀고 다녔을 것이다.

아니면 주인공이 연쇄살인범으로 지명수배 되든가.

"그래서 그만두지도 못해."

결국 한숨을 푹 쉬는 서양선.

"채림이 네가 어떻게 안 되냐?"

"뭐를?"

"너희 변호사 사무실이잖아."

"우리가 변호사 사무실이지 흥신소냐?"

"뭐든 다 해 주잖아."

"맞아. 새론이야 유명하지."

"이것들이 도대체 뭘 어떻게 들었기에 새론이 무슨 흥신소처럼 소문이 났다는 거야?"

손채림은 떨떠름한 표정으로 중얼거렸다.

그런데 또 딱히 부정하기도 그렇다.

진짜로 의뢰만 들어오면 어떤 식으로든 방법을 찾아내는 것도 사실이니까.

"한번 물어봐."

"맨입에? 우리는 변호사지 자원봉사자가 아니야. 모르지, 너희들이 정식으로 의뢰하면 일할지도?"

손채림은 어깨를 으쓱하면서 말했다.

진짜로 올 거라고는 꿈에도 생각 못 했기 때문이다.

하지만 진짜로 다급한 사람은 뭐든 하기 마련이었다.

⚖️

몇 달 후.

"나 결혼해."

당당하게 청첩장을 내미는 서양선을 보고, 손채림은 어이가 없어서 입을 쩍 벌렸다.

"배신이냐?"

"배신이라니!"

"아니면 과속이구나?"

"아니, 이년이 무슨 말을 그렇게 해!"

"부정은 못 하네."

"사랑의 결실이라 불러라."

자신을 찾아와서 청첩장을 주는 친구를 한참 갈군 손채림은 그녀에게 커피 대신에 맹물을 내밀었다.

"축하주 대신이야."

그걸 본 서양선은 입맛을 다셨다.

맑게 찰랑거리는 물을 보자 다른 게 생각났던 것이다.

"아, 소주 땡겨."

"쯧쯧, 삼신할머니도 무심하시지, 저런 애를 엄마라고 점지하다니."

"그만 좀 갈궈라."

휴게실에서 물과 커피를 들고 마주 앉은 두 사람.

서양선은 물을 쭈욱 들이켜더니 한숨을 푹 쉬었다.

"그런데 말이야."

"응?"

"지난번에 그거 사실이냐?"

"뭐?"

"의뢰하면 다 해 준다는 거."

"그거야 내가 결정할 건 아니지. 수임 여부는 내가 결정할 사항이 아니니까."

"으음……."

"그런데 왜?"

"알잖아."

"아……."

선배보다 먼저 결혼하고, 임신까지 했다. 거기에다 상대방은 의사다.

미친년이 싫어하는 삼박자가 아주 딱 맞아떨어진다.

"죽겠다, 아주."

"그만두는 건 어때?"

"그럴까 생각은 했어. 아니, 사실은 그만두려고."

그녀의 집안도, 남편이 될 사람도 가난하지 않다.

2년만 있으면 전문의가 될 사람이니 조금만 고생하면 어려울 건 없다.

"그런데 그만두려고 하니까 뭔가 좀 많이 억울하더라고."

"너 설마……?"

"원래 똥은 나가는 놈이 뿌리는 거야."

당당하게 말하는 서양선을 보면서 손채림은 떨떠름한 표

정을 지을 수밖에 없었다.

"역시 삼신할머니가 실수한 거야. 아니면 네 남편이 눈이 삐었든지. 아니다, 둘 다일 가능성이 높구나."

"아, 장난하지 말고."

"진짜로 그건 내 소관이 아니야. 하지만 물어볼 수는 있지."

손채림은 가볍게 어깨를 으쓱했다.

"태움요?"

"네, 태움이 뭐냐면……."

"알고 있습니다."

노형진은 머리를 긁으며 말했다.

태움. 여자들 사이의 서열 정리 및 가혹 행위.

'하긴, 이 문제가 좀 심각하기는 하지.'

한국은 전 세계적으로 간호사가 부족한 국가다.

그 이유는 많다.

하지만 확실한 건, 그 이유의 50% 이상이 태움이라는 것이다.

'오죽하면 결혼하고 그만둔 간호사가 복직을 안 할까.'

공식적으로는 열악한 근무 환경을 이유로 꼽는다.

하지만 실제로는, 그 열악한 근무 환경의 근본이 문제다.

'소위 그 태움 때문에 발생하지.'

몇몇 수간호사와 선배 간호사가 서열이 낮은 간호사들을 괴롭히면서, 퇴사자가 발생한다.

그러면 인력 부족으로 업무 강도가 가혹해지는데, 이때 그들은 그 스트레스를 아랫사람들을 괴롭히는 방식으로 해소한다.

그러면 또다시 견디다 못한 간호사들이 그만두고…….

악순환이다.

결혼 후 복직도 마찬가지.

대부분의 병원은 육아휴직을 인정해 주지 않는다.

당연히 새로 들어간 간호사는 신입 취급이다.

그리고 그런 식으로 결혼 후 복직한 간호사는 태움의 표적이 되는 경우가 많다.

'그러고 보니 간호사 면허증의 60%가 장롱에 있다던가?'

한국에서 간호사 면허는 4년제 간호대를 졸업해야 딸 수 있다.

학원에서 따는 것은 간호사 면허가 아니라 간호조무사 자격증이다.

이들은 간호사를 보조하는 업무를 하는 사람들이니 직업의 성격이 전혀 다르다.

그런데 정작 간호사 면허증을 가진 사람은 다른 일을 할지언정 간호사로서는 일하지 않으려는 경우가 엄청 많다.

바로 그 태움이라는 특유의 문화 때문이다.

"그 미친 갈굼 때문에 아주 미치겠어요."

"군대보다 심하죠."

노형진은 고개를 주억거렸다.

군대에서는 아무리 미쳐도 저런 이유로 갈구는 경우는 없다.

게다가 군대는 자정작용을 한다고 시늉이라도 한다.

그러나 간호사들의 세계에는 그런 게 없다.

"왜?"

손채림은 고개를 갸웃했다.

그 심하다는 군대조차 그 정도는 아닌데 도리어 군대도 안 가는 여자들이 그런다는 게, 그 세계에서 일해 보지 않은 그 녀로서는 이해가 가지 않았기 때문이다.

"인간은 어딜 가나 같지만, 사람들이 그 세계를 보는 방식이 다르거든."

"응?"

"군대는 말이야, 대한민국의 남자라면 한 번은 가야 해. 어쩔 수가 없지. 병신이 아닌 이상에야 끌려가야 하지. 그러니 다른 사람들이 그 세계에 대해 걱정을 많이 해."

가야 하는 이가 본인, 혹은 본인의 아들이니까.

오죽하면 정치인들의 가족들 상당수가 면제겠는가?

정치인 스스로가 그곳이 믿지 못할 곳인 걸 알고 있는 것이다.

"그런데 말이야, 회사라는 조직은 아니야. 자기가 선택하는 거거든. 외적으로는 말이야."

물론 내적으로는 먹고살기 위해 어쩔 수 없이 나가는 것이지만 말이다.

"그러니까 사람들은 절이 싫으면 중이 나가라는 식으로 대응하게 되는 거야."

문제가 있는 건 안다.

하지만 자신들과 관련이 없으니까, 그리고 회사니까 정 힘들면 그만두면 되는 거 아니냐고 생각한다.

"그거 멍청한 생각 아냐?"

손채림은 혀를 끌끌 찼다.

다른 곳이면 그럴 수도 있다.

하지만 그곳은 병원이다, 사람들의 목숨이 걸려 있는.

물론 모든 사람이 다급하고 위험한 상황은 아니겠지만, 자신이 입원했을 때 인력이 부족하다면 본인의 생명이 위험할 수도 있다.

"어쩌겠어."

노형진은 어깨를 으쓱했다.

그리고 서양선에게로 시선을 돌렸다.

"어쩌기를 원하세요? 그 수간호사라는 여자에게 보복하고 싶으신 건가요?"

그건 어렵지 않다.

지금 벌어진 일들만 봐도, 그녀만 처벌하는 것은 쉬운 일이다.

모욕과 폭행 그리고 가혹 행위로.

"단순히 그런 거라면 여기까지 오지도 않았어요. 제 남편 될 사람이 의사예요."

"음……."

아무리 별개라고 하지만 병원에서는 의사가 갑이다.

의사가 위에 뭐라고 하면 수간호사라도 자르는 것은 일도 아니다.

"그러면 단순 해직을 원하시는 건 아닌가 보군요."

"제가 원하는 건 그 패거리에 대한 복수예요."

"패거리?"

"혼자 미쳐서 그런다고 생각하세요?"

"하긴, 그럴 리 없지요."

인간은 조직적으로 살아간다.

그녀 혼자서 타인을 괴롭히거나 미친 짓을 한 거라면, 아마 다른 사람들에게 왕따당해서 진즉에 그만뒀을 것이다.

"아까 말씀드렸잖아요, 노조는 그 미친년 편이라고."

"야, 좋은 말을 써. 임신도 했으면서."

"미친년을 미친년이라 부르지도 못하다니 내가 무슨 홍길동이냐? 그리고 어차피 우리 애도 나중에 자라면 미친년 정도는 욕도 아닐 텐데, 뭐."

"이건 점지 문제가 아니라 삼신할머니를 처벌해야겠는데, 업무상 배임 같은 걸로?"

손채림은 서양선의 옆구리를 쿡쿡 질렀다.

"괜찮아. 태교에서 중요한 건, 좋은 걸 보는 게 아니라 산모가 평안해지는 거야."

"그래서 똥물을 뿌리냐?"

"그년들이 똥물 뒤집어쓰는 걸 보고 내 속이 편해지는 게 낫지 않겠어?"

"어이구…… 너는 둘째 가지지 마라. 둘째 가졌다가는 병원이 뒤집어지겠다."

투덕거리는 두 사람을 보면서 노형진은 피식 웃었다.

이러니저러니 해도 두 사람이 친하지 않다면 저런 대화는 할 수 없을 테니까.

"무슨 뜻인지는 알겠습니다. 결국 그들이 더 이상 이런 일을 하지 못하게 박멸해 달라는 거군요."

"네. 나뿐만이 아니라 다른 후배들을 위해서도, 그 미친년들을 잘라야겠어요."

의사 남친 덕에 갈굼이 덜한 편인 자신만 해도 이 지경이다.

오죽 사람을 갈궜으면 아이가 사산되겠는가?

'하긴, 그건 거의 살인이나 마찬가지니까.'

하지만 법적으로 어찌할 수가 없으니 피해자도 울분을 품은 채 그만두는 방법밖에 없었을 것이다.

"가능하겠어요?"

"가능할 겁니다."

노형진은 고개를 끄덕거렸다.

"아, 참! 그 대신에……."

"말씀하지 않으셔도 압니다. 의뢰인은 비밀로 해 달라는 거죠?"

"그걸 어떻게?"

"혼자서 이런 걸 부탁하실 리는 없죠. 저희 변호사 선임비가 싸다고 해도, 결코 적은 건 아니니까. 결국 여럿이 모여서 그 돈을 만드신 거겠죠. 남편분이 내 주셨을 리도 없고. 아무리 의사라고 해도 회사에 일이 터지면 곤란하니까요."

결국 누군가 총대를 메고 돈을 모아서 대표로 움직인다는 것이다.

지금의 경우는 어차피 그만둘 서양선이 그 총대를 멘 거고 말이다.

"네, 맞아요."

"알겠습니다."

노형진은 고개를 끄덕거렸다. 누군가 용기를 낸다면, 그걸 도와주는 것이 변호사의 일이니까.

"이 일은 제가 도와드리지요."

⚖

"쉽지는 않네."

노형진은 그동안 있었던 일을 정리해서 들으면서 입맛을 다셨다.

"태움이라는 게 있다는 건 알았지만 이 정도인 줄은 몰랐는데."

여자들 세계에서의 일종의 괴롭힘을 태움이라 표현한다.

그런데 이건 단순히 괴롭히는 수준을 넘어섰다.

"이건 거의 살인인데?"

자기보다 결혼을 먼저 한다고 결혼식 참석을 금지하는 것?

그 정도는 애교였다.

순번 안 맞춰서 임신했다고 대놓고 낙태하라고 하는 경우도 적지 않았다.

"하지만 이런 건 아니지."

심지어 어떤 간호사는 선배에게 밉보였다는 이유로 호스피스 병동으로 배치받았다.

호스피스 병동은 죽음을 준비하는 곳이다.

당연히 멀쩡한 정신으로 일하기에는 무리가 있다.

"이건 대놓고 죽으라는 소리지."

그곳은 치료하는 공간이 아니다. 죽기 위한 공간이다.

자신이 치료하던 사람이 매일같이 죽어 나간다면 정신이

멀쩡할 리 없다.

"그런데 그런 곳에 무려 2년이나 배치하다니."

다른 간호사들이 순환 근무를 하는 데 반해 그녀만 2년간 거기에 배치되었다.

이유도 어이가 없다.

맞선 제의를 거절했다는 것이다.

하지만 상식적으로, 나이 스물두 살 먹은 아가씨에게 마흔 다섯 살 먹은 남자를 소개시켜 주려 한다면 당연히 거절하지 않겠는가?

그런데 그걸 거절했다는 이유로 자살 직전까지 몰리도록 괴롭혔다.

"어떤 때 보면 여자들의 위계질서가 남자들의 세계보다 훨씬 강해."

"웃기는군, 군대라고는 안 갔다 온 사람들이."

노형진은 혀를 끌끌 찼다.

남자들이야 군대에 갔다 와서 똥 군기를 겪고 거기서 잘못된 위계질서를 배워 온다고 하지만, 여자들은 군대도 안 간다.

그런데 도대체 어디서 이런 똥 군기를 배워 온단 말인가?

"진짜 내가 몇 번 느낀 건데, 똥 군기는 조직의 규율 문제가 아니라 미친놈 하나 있으면 생기는 것 같아."

"맞아."

멀쩡하던 조직도 미친놈이 위에 올라가면 미쳐 날뛰기 시작한다.

그러면 그가 나간 후에도, 그에게 피해를 입은 사람들이 억울한 마음에 자기도 똑같이 누리려고 한다.

그게 똥 군기가 되는 것이다.

"하지만 이건 어떻게 보면 군대보다 더 심한데."

"왜?"

"군대는 최소한 당장 사람 목숨이 달려 있지는 않잖아."

"아, 그렇겠네. 당장 사람이 죽는 건 아니지."

하지만 간호사들은 아니다. 당장 사람 목숨이 걸려 있다.

"악순환이 심각하네."

태우고, 그만두고, 업무 강도가 올라가고, 그래서 더 태우고, 또 그만두고…… 무한히 반복되는 악순환.

당연히 신입도 그러한 악순환을 피할 수 없다.

간호사만이 아니라, 새로 온 직원은 모든 게 어색하다. 당연히 배워야 하는 사람들이다.

그런데 아무도 가르쳐 주지 않는다.

예를 들어 주사를 잘 못 놓는 간호사가 있다면, 붙잡고 가르쳐서 잘하게 해 주는 게 아니라 일단 주사를 잘못 놓아서 컴플레인이 들어왔다고 따귀부터 갈기는 것이다.

물론 그 후에도 가르쳐 주지는 않는다.

스스로 터득하라는 터무니없는 말만 할 뿐.

"쯧쯧."

간호사 면허증을 가진 사람의 60% 이상이 다른 직종에서 일하는 이유가 있는 것이다.

그 정도 인원이 충원된다면 모르겠지만, 문제는 그들이 돌아오기를 거부한다는 점이다.

"이거 어쩌지? 일단 폭행 같은 걸로 고발하는 게 최선인가?"

"글쎄…… 그게 제일 편하기는 하지. 하지만 그런다고 해서 뭐가 바뀔까?"

"응?"

"이미 질려서 그만둔 간호사들이 꽤 되잖아. 서양선 씨처럼 폭탄을 터트리려는 사람이 한두 명이었을까?"

질려서 떠난다. 다시 이 바닥으로 오지 않을 생각을 한다.

그런 사람들이 과연 고발도 하지 않고 얌전히 사라졌을까?

당연히 했을 것이다.

"달라진 건 변호사인 내가 끼어든다는 것 정도이고."

"음…….."

"애초에 처벌을 통한 복수를 노린다면, 날 끼워 넣을 필요도 없지."

"그건 그렇겠다."

그 수간호사가 저지른 수많은 폭행과 협박을 대충만 모아도 충분히 그녀의 인생을 망가트릴 수 있다.

"하지만 파벌이 있다고 하잖아. 그리고 그 미친년 하나 날려 버린다고 해서 그 태움이라는 게 사라지는 것도 아닐 테고. 내가 봐서는 서양선 씨가 바라는 건 그런 걸 근본적으로 고치는 시스템인 것 같은데."

"그런 게 가능해?"

"글쎄……."

노형진은 턱을 스윽 문질렀다.

그게 가능할까?

쉽지는 않다.

애초에 그런 걸 고치기 위해서는 병원이나 의사의 절대적인 도움이 필요하다.

"하지만 도와줄 리 없지."

의사와 간호사는 별개의 조직으로 구성되어 있다.

누구 말마따나 무협지의 관과 무림처럼, 같은 하늘 아래에 있지만 서로 터치하지 않는다.

"문제는 병원인데 말이지. 병원 측이 과연 태움을 모를까?"

"알면서도 방치한다고?"

"조직이잖아. 조직에서는 자신들에게 수익이 된다면 당연히 모른 척하기 마련이지. 군대의 똥 군기가 왜 안 사라지는데? 그게 나쁜 건지 몰라서? 아니야. 그 똥 군기가 군대라는 조직 입장에서 통제하는 용도로는 쓸 만하거든."

전쟁 통에 뒤통수에서 총알이 날아올 위험을 만드는 똥 군기지만, 지금은 전쟁 통이 아니다.

병사를 하나의 인격체가 아닌 도구로, 죽어도 보충할 수 있는 보급품으로 보는 군대라는 조직 입장에서는, 벌어지지 않을 전투의 후유증보다는 현재 상황의 통제의 편리성을 선택하는 거다.

"그런 식으로 당나라 군대가 되어 가는 거지."

"하지만 병원 입장에서는 뭐가 이득인데? 이득이 없잖아."

손채림은 이해가 안 간다는 듯 고개를 갸웃했다.

군대야 통제가 목적이라지만, 사람이 부족하면 힘든 건 병원이다.

그런데 통제를 하지 않는다니?

"정확하게 말하면, 사람이 부족해서 힘든 건 현재 근무 중인 간호사들이지."

"응?"

"병원은 원래 법적으로 일정 이상 간호사를 구해야 해."

법적으로 간호사당 환자의 숫자가 정해져 있다.

당연히 사람이 많이 다니는 종합병원 같은 곳은 일정 이상의 숫자를 고용해야 한다.

"문제는, 그 숫자를 다 고용하면 수익률이 급감한다는 거지."

서비스업의 경우 인건비가 차지하는 비용은 어마어마하다.

특히 병원은 치료비 중 일부를 의료보험이 보장한다.

그 말은, 근무하는 인원이 적을수록 수익률이 높아진다는 거다.

환자들이 지불하는 돈은 정해져 있으니까.

"문제는 그 규정에 강제 조항이 없다는 거야."

만일 강제 조항이 있어서 그 기준을 지키지 않을 경우 그에 상응하는 처벌을 받는다면, 병원은 사력을 다해서 지키려고 할 것이다.

"강제 조항이 없으니까 지킬 생각이 없지. 하지만 여전히 법인 건 맞거든."

"아…… 무슨 뜻인지 알겠다."

사람을 줄이고 싶지만, 자기 마음대로 자를 수는 없다.

그건 정면으로 법에 반하는 행위이기 때문이다.

어찌 되었건 법은 법이니까.

"그러면 간호사를 줄이기 위한 방법이 필요하지. 때마침 적당한 것이 있잖아."

바로 태움.

서로가 서로를 괴롭혀서 그만두게 만들면 되는 것이다.

"그러면 그 후에는 일이 편해지지."

힘드니까 자기가 알아서 그만둔다.

그러면 병원 입장에는 정부에다가 할 변명이 생긴다.

'봐라, 우리는 열심히 고용하는데 간호사들이 그만두는 거다.'라고 말이다.

실제로 종합병원들의 고용률은 낮지 않다.

이직률이 그만큼 높은 것이다.

"병원 입장에서는 당연히 이득이지. 그러니 방치할 수밖에 없고."

"허, 어이가 없네."

"원래 그런 거잖아."

노형진은 고개를 흔들며 말했다.

"결국 수간호사들은 자기들이 편해질 수 있는 길을 스스로 버리는 거네?"

"인간이라는 게 원래 그래."

멀리 바라보고 이득을 얻으려 하기보다, 눈앞에 있는 작은 이득에 매달린다.

"그러면 어쩌지? 전처럼 의료 기기를 사용하지 못하게 해야 하나?"

"그건 무리지. 대부분의 종합병원은 자체적으로 장비를 가지고 있거든."

종합병원은 수십억의 장비 가격을 충분히 감당할 수 있는 힘이 있다.

"그렇다고 전에 산부인과처럼 접근하지 못하게 하는 것도 불가능하잖아?"

"그렇지. 그럴 수도 없고."

산부인과야 주변에 대체할 수 있는 다른 곳들이 충분히 있다.

하지만 종합병원은 아니다.

위중한 환자들은 종합병원에 갈 수밖에 없다. 그리고 그들의 경우 목숨이 달린 경우도 많다.

"단순히 태움을 이유로 파업이나 처벌을 요구하지 못하는 가장 큰 이유지."

태움이라고 해도, 다른 사람이 봤을 때는 결국 삶의 방식일 뿐이다.

하지만 그곳에서 진료 받는 환자들에게 병원이라는 조직은 생존이 달려 있는 곳이다.

가족과 친척, 연인이나 친구 등.

자신이 다급한 상황인데 남이 눈에 들어올 리 없다.

"결국 병원 자체나 간호사들이 대동단결해서 파업을 하게 한다거나 하는 방식은 불가능하다는 거지."

"그러면 해결책이 없는 거야?"

"없는 건 아니야."

노형진은 어깨를 으쓱했다.

"어느 조직을 가든 바른 사람들이 있기 마련이거든."

"응?"

"군대에서도, 가끔 기수들이 뭉쳐서 똥 군기를 없애기도 해."

실제로 위 기수의 사람들에게 질려 버린 아래 기수들이 우리는 그러지 말자며 단합해서 군 내부의 똥 군기를 없앤 경우도 많다.

문제는, 그 혜택을 입은 사람들이 나중에 자신들의 이득을 위해 다시 똥 군기를 키워 낸다는 것이다.

"그래서?"

"그래서는 무슨 그래서야. 그런 사람들을 찾아야지."
"찾아서는?"
"당연히 뒤집어야지."

이것이법이다

뭉치면 산다

'짝!' 하는 소리와 함께 간호사의 얼굴이 반대쪽으로 휙 돌아갔다.

그걸 본 다른 간호사들은 입을 다물고 외면했다.

"지금 그래서 잘했다는 거니?"

"아니에요……."

"내가 제대로 일하라고 했어, 안 했어? 제대로 시설물 관리 안 해!"

수간호사 박찬희는 자신보다 스무 살은 어려 보이는 간호사에게 이를 드러내면서 마구 화를 냈다.

"사람의 생명을 지키는 일이잖아! 정신이 있는 거야, 없는 거야! 일 이따위로 할 거야! 하려면 제대로 하든가! 그딴 썩어 빠진 정신으로 일할 거면 때려치워!"

버럭버럭 화를 내는 수간호사를 보면서 다른 간호사들은 입술을 깨물었다.

당하는 어린 간호사는 억울했지만, 뭐라고 항변할 수가 없었다.

'애초에 제대로 알려 주든가.'

그녀는 들어온 지 채 한 달도 안 된 신입이다.

당연히 일을 배워야 하는 시점이니 부족한 게 많을 수밖에 없다.

그런데 그런 그녀에게 수액 정리를 맡긴 게 수간호사인 박찬희다.

그리고 이런 상황에 이른 것이다.

"요즘 애들은 개념이 없어! 개념이!"

버럭버럭 화를 내는 박찬희와 그 동료들.

그들이 화내는 이유는, 신입 간호사가 정리한 수액 창고에서 유통기한이 지난 수액이 나왔기 때문이다.

사람의 몸에 들어가는 것인 만큼 수액의 유통기한은 철저하게 지켜져야 한다.

확실히 그건 큰 실수다.

'하지만 애초에 일하는 방법도 안 알려 줬잖아요.'

누구도 그녀에게 창고를 정리하는 방법을 알려 주지 않았다.

저마다 바쁘다는 이유로.

진짜로 바쁘기도 했다.

"도대체 애가 얼마나 개념이 없으면 사람 몸에 들어가는 것도 제대로 못 봐!"

수액은 잘못 들어가면 사람이 죽을 수도 있다.

만일 변질된 수액이 주사되면 패혈증을 일으킬 수도 있으니까.

"죄송해요……."

"죄송? 이게 죄송으로 될 일이야? 어? 너 지금 사람 하나 죽인 거야! 알아?"

어린 간호사는 입술을 깨물었다.

사실 그럴 가능성은 낮다.

수액을 주사하는 간호사는 무조건 유통기한을 확인한다.

아무리 바빠도, 그건 필수 절차다.

그런 만큼 유통기한이 지난 수액은 절대로 환자에게 주사될 수가 없다.

"진짜, 요즘 애들은 개념이 없어요."

피식 비웃는 수간호사 무리.

그리고 고개를 푹 숙인 채 이 시간이 어서 지나가기만을 바라는 일반 간호사들.

워낙 큰 실수라 뭐라고 변명해 줄 수도 없었다.

아무리 바쁘다고 하더라도, 신입에게 정리하는 법은 가르쳐 줬어야 했는데.

"너희들도 말이야! 일을 이따위로 하면서 어디서 간호사라는 이름을 달고 다니는 거야!"

아니나 다를까, 다음 타깃은 바로 위의 간호사들이었다.

위에서부터 깨고 내려가는 것이 효율적이라는 것은 수간호사도 안다.

하지만 자신들이 먼저 갈군 다음 또 다른 애들을 갈궈서, 잘못을 저지른 대상을 다시 한번 갈구게 만드는 것도 하나의 방식이었다.

이런 식으로 제대로 가르쳐야 제대로 일한다고, 그녀들은 생각했다.

하지만.

"간호사 자격은 시험 봐서 땁니다만?"

고개를 돌린 박찬희는 눈을 찌푸렸다.

양복을 입은 남자. 그리고 그 옆에 서 있는 여자.

"누구시죠?"

병원 관계자는 아니다.

하지만 어찌 되었건 간호사는 서비스직이다. 외부 사람에게 반말을 할 수는 없다.

"노형진입니다. 변호사죠."

"변호사?"

변호사라는 말에 더욱 주눅이 드는 간호사들.

노형진은 박찬희의 손에 들려 있는 노란 영양수액을 바라보았다.

"그게 그 문제의 수액이군요."

"무슨 말씀이지요?"

"여기에서 폭행이 이루어지고 있다고 해서 경찰을 불렀습니다."

박찬희는 눈을 찌푸렸다.

아무리 병원에서 간호사들 간의 일에 대해 보고도 못 본 척한다지만 그건 어디까지나 자기들끼리의 규칙이고, 다른 사람들 입장에서는 경찰이 출동해야 하는 폭행 사건일 수도 있다.

"이건 그냥 후배에 대한 교육입니다."

"하지만 폭행을 동반한 교육은 불법이지요."

노형진의 말에 수간호사들은 입을 꾸욱 다물었다.

노형진의 말이 맞다.

하필이면 다른 사람도 아니고 변호사라니.

"무슨 생각을 하시는지 압니다. 아마 재수 없게 걸렸다고 생각하시겠지요."

"아니에요."

"그러면 저 어린 간호사분께 사과하실 수 있겠어요?"

박찬희는 고개를 돌려서 어린 간호사를 바라보았다.

그리고 입을 열었다.

그러나 그녀의 입에서 나온 말은 사과가 아니었다.

"네가 불렀니?"

"아…… 아니에요!"

어린 간호사는 깜짝 놀랐다.

그리고 절대 아니라는 듯 손을 절레절레 흔들면서, 고개 역시 흔들며 강하게 부정했다.

혹시라도 불이익이 올까 봐서였다.

'반성이라는 게 없구먼.'

노형진은 혀를 끌끌 찼다.

그나마 반성은 할 줄 안다면, 여기서 미안하다거나 어떻게든 상황을 넘기려고 할 것이었다.

하지만 변호사 앞에서 대놓고 피해자에게 네가 불렀냐며 따진다.

명백하게 자신을 깔보는 행동이었다.

'그래, 지나가는 변호사가 뭘 어쩌겠느냐는 생각을 하겠지.'

노형진은 피식 웃었다.

"이만 가 주시겠어요? 여기는 관계자 외 출입 금지예요."

"출입 금지 팻말은 못 봤는데요."

여기는 출입 금지 구역이 아니다.

다만 으슥한 곳이라 사람이 잘 안 올 뿐.

"간호사들 사이의 일이니 저희가 알아서 할게요."

어찌 되었건 상대방이 외부인이기에 그들은 조심스럽게 말했다.

그리고 몇몇 고참 간호사들은 당황한 다른 간호사들을 데리고 자리를 뜨려고 했다.

하지만 노형진은 그들이 그 자리에서 벗어나게 할 생각이 없었다.

'벗어날 수가 없지.'

노형진은 이 사건을 안다.

정확하게 말하면, 이와 비슷한 사건을 들었다.

그것도 서양선이 두 번이나 본 적이 있다고 했다.

신참이 들어와서 큰 실수를 하는 바람에 고참 간호사들이 깨지는 사건.

그 사건이 지금과 똑같았다.

너무 바빠서 신경을 못 쓰는 사이에 후임이 창고 정리를 맡았는데 그곳에서 유통기한이 지난 수액이 발견됐고…….

'한 번은 실수지. 두 번은 우연이야. 하지만 세 번이라면?'

똑같은 실수가 세 번이나 일어날 가능성이 얼마나 될까?

거기에다 마치 마법처럼 신입이라는 키워드와 미친 듯이 바쁜 시점이라는 키워드, 그리고 명령권자가 수간호사들이라는 키워드가 맞아떨어진다.

달라지는 것은 오로지 각 층수뿐이다.

"그럴 수는 없겠네요."

"뭐요?"

"당신들은 폭행의 현행범입니다. 그리고 현행범의 경우,

일반인이라도 제압할 수 있는 권리가 있죠. 설사 권리가 없다고 하더라도, 전 이미 경찰을 불렀습니다. 그들이 왔을 때 증언을 하셔야지요."

노형진의 말이 이어질수록 간호사들은 눈을 찌푸렸다.

"경찰이 온다고 해서 그들이 저희를 체포하거나 그러지는 않을 것 같은데요."

어떤 회사든 위에서 내려오는 갈굼은 있다.

그걸 이유로 체포한다면 아마 대한민국 국민 대다수가 전과자가 될 것이다.

"그건 그렇지만……."

노형진은 확신하고 있는 것이 있었다.

"그건 경찰이 오면 알겠지요."

노형진은 히죽거리며 말했다.

그렇게 얼마나 지났을까, 드디어 도착한 경찰은 노형진과 간호사들에게 진술을 받았다.

"그래서 처벌을 원합니까?"

"아…… 아니에요."

피해자인 어린 간호사는 고개를 절레절레 흔들었다.

경찰은 그걸 보고 곤란한 듯 노형진에게 고개를 돌렸다.

"피해자가 처벌을 원하지 않는데요?"

"그래서요?"

"'그래서요?'라니요? 피해자가 처벌을 원하지 않는데 저희

보고 어쩌라는 건지……."

약간은 곤란한 표정이 되는 경찰들.

노형진은 그런 경찰을 보고 혀를 끌끌 찼다.

"폭행죄가 언제부터 친고죄가 되었나요?"

"네?"

"폭행죄는 반의사불벌죄지 친고죄가 아닙니다. 인지하는 순간 범죄가 성립되는 거죠. 이 건은 경찰에 신고되면서 인지되었고, 범죄는 성립되었지요."

"그건 그런데……."

"피해자의 처벌 의사는 추후에 고려되어야 할 문제일 뿐, 경찰이 접수를 거부할 이유는 되지 않는다는 소립니다."

"그건……."

경찰도 그건 안다.

하지만 폭행은 반의사불벌죄, 즉 피해자에게 가해자를 처벌할 의사가 없으면 처벌할 수 없는 범죄인 건 맞다.

그래서 대부분 자기들 선에서 합의하든 뭘 하든 해서 끝낸다.

"더군다나 개별 조사도 아니고 가해자들 앞에서 피해자에게 처벌 의사를 물어본다는 것 자체가, 피해자 보호에 관심이 전혀 없다는 거 아닌가요? 회사의 선배이자 상관으로서, 회사에 다니는 한 가해자가 피해자에게 불이익을 줄 수 있다는 사실을 모르지는 않으실 텐데요?"

"으음……."

노형진이 한마디 한마디 할 때마다 경찰들은 입맛만 다셨다.

틀린 말이 아니니 부정할 수가 없는 것이다.

"알겠습니다. 일단은 경찰서로 동행해 주셔야겠네요."

일단 수간호사들에게 동행 요구를 하는 경찰.

그리고 동행 요구에, 수간호사들은 똥 씹은 표정이 되었다.

"알았어요."

수간호사들은 짜증이 났다.

이게 위에 올라가면 좋은 소리는 못 들으니까.

하지만 경찰까지 출동한 이상 그냥 넘어갈 수는 없었다.

"잠깐만요."

수간호사들을 데리고 가려고 하는 경찰.

그때 노형진이 그들을 말렸다.

"증거 안 챙깁니까?"

"증거요? 무슨 증거요?"

"저기에 있는 수액요."

"뭐요?"

어이가 없다는 표정이 되는 경찰.

하지만 그에 반해 수간호사들의 표정은 살짝 딱딱해졌다.

노형진은 그런 그녀들의 표정을 놓치지 않았다.

'그럼 그렇지.'

종합병원이 약을 그런 식으로 대충 관리할 리 없다.

더군다나 요즘은 전자식으로 태그를 달아서 관리하니 더

더욱 실수할 가능성이 낮아진다.

그런데 도대체 어디서 유통기한이 지난 수액이 나타난 걸까?

그것도 마치 마법처럼 신입들한테만.

"그걸 왜 챙겨요? 이미 유통기한이 지나서 폐기해야 하는 건데."

노형진이 증거 운운하자 당황하는 선임 간호사들.

"폭행의 이유가 된 건데 당연히 챙겨야지요. 안 쓰면 그만 아닙니까? 증거로 표시해 두면 쓸 일도 없습니다."

"그래도 안전을 위해서……."

"안전을 위해서라면 내용물은 버리고 케이스만 가지고 가 도록 하지요. 그럼 불만 없지요?"

"그건……."

"그리고 애초에, 이건 경찰이 보관하는 거지 병원에서 보관 할 만한 게 아닙니다. 증거를 왜 범죄 현장에 보관합니까?"

노형진이 반박할 때마다 수간호사들은 당혹감을 감추지 못했다.

"이게 무슨 소용이 있다고요?"

경찰은 고개를 갸웃하며 물었다.

이미 유통기한이 지난 수액이다. 그런데 그걸 굳이 가지고 가야 한다니?

"당연한 거 아닙니까? 누가 잘못했는지 알아야지요. 이런 의료용품은, 저분들 말씀대로 사람 목숨이 달려 있는 겁니다. 그리고 그러한 물품은 관리자가 있기 마련이지요. 당연히 그걸 반품하거나 폐기할 때도 그 관리자의 책임하에 이루어집니다. 저런 건 코드가 정해져 있으니, 그걸 조사해 보면 누가 관리자인지 알 수 있을 겁니다."

사색이 되는 수간호사들을 보며 노형진은 혀를 끌끌 찼다.

"차라리 여기서 그걸 조사하고 가는 건 어떨까요?"

"영장이 없는데요?"

"영장이 없어도, 담당하시는 분들이 여기 계시잖아요? 본인 스스로 목숨을 다루는 일이라고 하셨으니 그 정도는 협조해 주실 것 같은데요."

순간 외면하며 시선을 피하는 수간호사들.

"아니면, 조사해서는 안 되는 무슨 이유라도 있습니까?"

노형진이 넌지시 물어보았으나 수간호사들은 하나같이 입을 다물었다.

'안 봐도 뻔하지.'

흔하게 있는 일이다.

죄를 뒤집어씌우기 위해 조작하는 것.

저들 입장에서는 폐기 처리 예정인 수액 하나 슬쩍 창고에 심어 두는 것도, 그걸 찾아내는 척하는 것도 어려운 일이 아닐 것이다.

그리고 예정된 독박을 씌우는 거다.

'전부터 쓰던 방식이지.'

노형진이 차근차근 공격할수록 수간호사들은 입을 다물 수밖에 없었다.

"무슨 일입니까?"

그때 다급하게 연락이 간 건지, 의사 몇 명이 달려왔다.

"노형진 변호사입니다. 지금 폭행이 이루어지고 있어서요."

"폭행요?"

"네, 그 과정에 증거가 조작된 정황도 보이고요."

의사들이 눈을 팍 찡그렸다.

그리고 무서운 눈빛으로 수간호사들을 바라보았다.

역시 그들도 아예 모르지는 않는다는 소리다.

"일단 폭행으로 신고했습니다."

"저기, 경찰분들. 지금 손이 부족하니까 나중에 해 주시면 안 될까요?"

"그사이에 증거를 조작하거나 피해자를 겁박하면 어쩝니까?"

"그건…….."

"아, 그리고 그런 거 그냥 놔두면 폭행의 종범인 거 아시죠?"

"종범요?"

"네. 증거를 감추려고 하는 거나, 피해자에게 겁주는 걸 방조하지 않으셨습니까?"

"천부당만부당한 말입니다!"

의사들은 펄쩍 뛰었다.

하지만 속으로는 내심 찔렸다.

그동안 수간호사들이 다른 간호사들 기강을 잡는다고 '태워 온' 것을 모르는 게 아니기 때문이다.

"일단 피해자분들은 돌아가시고, 폭행 현행범분들은 같이 가 주셔야겠습니다."

"아니, 이게 뭐라고 그렇게까지……."

"아니면 나중에 구속영장 청구하고요."

경찰도 짜증스럽게 말했다.

신고자가 변호사다. 이런 걸 대충 처리하면 자신도 피곤해진다.

"구속영장요?"

"네. 폭행이 이루어졌고 피해자분들이 같이 근무하는 분들이니까, 증거인멸 및 도주의 우려가 있습니다."

그 말에 사색이 되는 간호사들.

의사들은 한숨을 푹 쉬면서 고개를 흔들었다.

"가 보세요."

"선생님!"

"그러면 다른 간호사들끼리 모조리 끌고 경찰서에 갈 겁니까, 안 그래도 사람이 부족해 죽겠는데?"

"……."

"가서 진술서 쓰고 오세요. 그러면 구속영장은 안 나올 겁니다."

고개를 푹 숙이는 수간호사들.

어린 간호사들은 의사들이 손짓하자 겁먹은 표정으로 안으로 들어갔고, 경찰들은 수간호사들을 데리고 경찰서로 향했다.

노형진도 함께 돌아가려고 하는데, 의사 한 명이 그에게 다가와 말했다.

"변호사님이라고 들었습니다."

"그렇습니다만?"

"굳이 이렇게까지 하셔야 하겠습니까?"

"굳이요?"

"네. 이러면 저희뿐만 아니라 다른 환자들에게도 민폐입니다."

"그러면 간호사를 새로 뽑으면 되지 않습니까?"

"뽑는 족족 그만두는데 어떻게 합니까?"

"그래요?"

노형진은 씩 웃었다.

의사가 하는 말이 틀린 소리는 아니지만, 바로 그게 그들이 원하는 것이니까.

"썩은 사과를 쳐 내야지요."

"그건 병원에서 알아서 할 일입니다. 외부에서 감 놔라 배놔라 할 건 아닌 것 같은데요?"

슬슬 짜증을 감추지 못하는 의사들.

그럴 수밖에 없다.

변호사만큼이나 의사도 사회에서 갑으로 살아온 사람들이다.

더군다나 지역 병원도 아닌 대학 종합병원의 의사들이다.

아마도 이 중에는 교수도 있을 것이다.

그러니 외부인인 노형진이 끼어드는 게 마음에 안 들 수밖에.

"감 놔라 배 놔라가 아닙니다."

노형진은 단호하게 선을 그었다.

"저는 법대로 할 뿐입니다. 변호사니까요."

"뭐, 적당히 끝나겠네."

"어떻게 알아?"

"뻔한 거 아냐? 어찌 되었건 수간호사들은 권력 집단이야. 일반적인 대상은 아닌 거지."

그들이 다시 나오면 회사, 즉 병원에서 부딪칠 수밖에 없다.

"안 봐도 뻔해. 돌아가면 피해자들한테 탄원서를 요구할 테지."

직장이라는 것은 그런 것이다.

더러워서 그만두는 사람도 있는 반면, 개인 사정으로 인해 그만두지 못하는 사람도 있다.

"그러니 그런 사람들은 대부분 탄원서를 써 줄 수밖에 없어. 거기에다 우리나라는 뭔가를 가르치기 위해서라고 하면

법을 관대하게 적용해 주거든."

좋게 말하면 개인의 발전을 위하는 것이다.

하지만 그러한 논리에는 함정이 있다.

"그런 식으로 가르치는 건 의미가 없을 텐데?"

"그러니까."

배우고자 하는 사람은 그런 식으로 대우하지 않아도 알아서 배운다.

하지 않으려고 하는 사람은 결국 그만두고.

"그러면 어쩌지? 우리가 거기에 끼어들어?"

"그럴 수는 없을걸."

노형진은 어깨를 으쓱했다.

"우리한테 의뢰한 것은 서양선 씨 한 명뿐이잖아. 우리가 그곳에 갔다가 그 장면을 본 건 말 그대로 우연이었고. 그런데 거기 피해자들이 과연 우리에게 의뢰를 할까?"

더군다나 서양선은 그만둔 상태다.

그런 그녀가 고발해 봐야, 내부에서는 가해자들을 편들어 줄 것이다.

"그러면 어쩌지?"

"새로운 아군을 만들어야지."

"새로운 아군? 의사? 하지만 의사들은 도와줄 생각이 없다며?"

심지어 서양선의 남자 친구이자 예비 남편인 의사도 도와

주는 것은 거절했다.

간호사와 의사의 세계는 다르다며 말이다.

"그들 말고 있잖아, 다른 사람들."

"누구?"

"누구보다 병원에 대해 잘 알지만 일반인들은 신경 쓰지 않는 사람들이 있지."

노형진은 그렇게 말하면서 씩 웃었다.

"반갑습니다."

간병인 단체의 사장들을 만난 노형진은 명함을 건네면서 인사를 건넸다.

손채림 역시 인사하면서도 내심 놀라고 있었다.

'간병인이라니…… 그렇겠네.'

간병인들.

보호자를 대신해서 환자를 챙기는 사람들이다.

그들은 어지간한 규모의 병원에는 다 선이 닿아 있으며, 그 안에서 생활하는 경우가 많다.

먹고 마시고 자고 하면서 말이다.

"이야기는 들었습니다. 하지만 저희도 간호사들과 척지는 것은 좀 그러네요."

간병인 단체의 대표 한 명이 조심스럽게 입을 열었다.

"아무리 개별이라고 하지만, 간호사들이 저희를 거부하면 저희들로서는 방법이 없어요."

환자의 보호자가 간병인을 개별적으로 구하기도 하지만, 일반적으로 병원에 비치된 간병인 전화번호를 보고 전화한다.

그러니 간호사들이 앙심을 품고 그걸 치워 버리면 이들 입장에서는 큰 손해가 된다.

"압니다. 그래서 해결책도 가지고 왔습니다."

"해결책요?"

"네. 간병인들은 뒤로 빠지는 거죠."

"하지만 전에는 간병인들에게 태움의 증거를 찾아 달라고 하셨잖아요?"

간병인이 태움의 증거를 가지고 오면, 그걸 가지고 고발을 진행할 수 있다. 또한 상대방을 말려 죽일 수도 있다.

문제는, 그러면 간병인들과 간호사들의 사이가 틀어질 거라는 것.

"저는 그 둘 사이가 틀어지는 것을 원하지 않습니다."

두 집단은 서로 다르지만 같은 일을 한다.

바로 환자의 보호.

"그 두 집단이 싸우게 되면 피해를 보는 건 환자들이니까요."

"하지만 그러면 어쩌라는 거죠? 증거를 찾아서 폭행하는 일부 간호사들을 고발하는 일 자체에는 저희도 동의해요. 누구보다 그 문제를 가까이에서 보는 사람들이니까."

상시 병원에 있는 간병인들이다.

환자들은 대부분 병실에 있기 때문에 모르지만, 멀쩡한 간병인들은 바깥으로 나갔다가 소위 '태우는 상황'을 많이 봤다.

폭행이나 협박은 기본이고, 온갖 모욕이 같이 벌어진다.

"그럴 때는 다른 방패를 세워야 합니다. 그러니 그걸 위해 여러분들이 힘써 주셔야 합니다."

"힘이라고 하시면?"

"여러분들을 제외한 다른 사람들이 있지요."

"누구요?"

"환자의 보호자들요."

"네?"

어리둥절해진 간병인들.

노형진은 차분하게 그들에게 입을 열었다.

"제가 카페를 하나 열 겁니다."

사회단체도 아니고, 일반 커뮤니티를 하나 여는 것은 어려운 일이 아니다.

이름은 '간호사 인권 카페'.

그리고 그곳을 통해 공작할 것이다.

"그곳에서 공지를 하나 올릴 겁니다. 간호사들의 태움 현장을 촬영하거나 증거를 가지고 오시는 분의 병원비를 대납해 드린다고요."

"네? 대납요?"

"네. 물론 전부 다는 아닙니다. 병원비 내기도 힘든 불우한 이웃을 대상으로 할 거니까요."

그리하면 자선사업으로 경비를 처리하면 되는 것이기 때문에 노형진이 피해를 볼 일도 없다.

"여러분들은 그 소문을 내 주시면 됩니다."

"소문요?"

"네. 만일 그런 소문이 쫙 퍼진 상황에서 신고가 들어간다면 무슨 이야기가 나올까요?"

"아하!"

아마 간호사들은 가장 먼저 보호자들을 의심할 것이다.

물론 그런다고 해서 보호자들에게 불이익을 줄 수는 없다.

일단 신고한 보호자가 누구인지 알 수가 없다.

개인을 특정할 수 있는 모든 증거는 삭제한 채로 제출할 거니까.

"결국 간호사들은 병원에 있는 모든 보호자들을 조심해야 하지요."

간병인들은 그게 무슨 뜻인지 알았다.

"만인의 투쟁이라고 해야 할 거예요."

손채림은 그런 간병인들에게 쉽게 설명해 주었다.

"그런 소문이 나고 실제로 지급한 기록이 있다면, 결국 간호사들은 보호자들을 조심할 수밖에 없어요. 환자와 다르게 보호자들은 어디든 다닐 수 있으니까요."

"오오."

"그렇다고 환자의 보호자에게 보복을 가할 수는 없죠."

누구인지도 모르는데 보복이 가능할 리 없다.

설사 알려진다고 해도, 간호사가 보호자에게 뭘 어쩌겠는가? 쫓아낼 수도 없고.

"그렇다고 환자에게 보복할 수는 없습니다."

간호사는 생명을 다루는 직업이다.

만일 그러다 일이 잘못되어서 사람이 다치거나 죽기라도 한다면, 살인죄를 뒤집어쓸 수도 있다.

"그리고 여러분들이 가지고 오는 증거는 보호자가 가지고 온 증거로 공개될 겁니다."

"그러면……."

"네. 간병인들은 이번에는 뒤로 빠지는 겁니다."

물론 해당 간병인에게는 소정의 보상이 지급될 것이다.

하지만 그건 어디까지나 조용히 넘어가는 일이다.

상대적으로 보호자들보다는 훨씬 그 금액이 낮을 것이다.

"설사 간병인들이 돈을 받아 가는 걸 안다고 해도, 표면적으로 간호사들이 뭐라고 할 수는 없지요."

간병인들의 행동은 공식적으로는 소문만 내는 것이니까.

애초에 간병하다 보면 환자의 가족과 친해지는 경우가 많으니, 그런 상황에서 그런 카페에 대해 이야기해 주는 것은 그다지 이상한 일도 아니다.

"이걸 뭐라고 하더라…… 자, 자, 자……."

"자기 검열요."

잘 모르는 것 같은 사람에게 손채림이 설명해 줬다.

"스스로 행동을 주의하게 만드는 거죠."

자기 검열.

보통은 안 좋게 쓰이는 경우가 많다.

대표적인 예가, 정권이 네티즌을 무차별 고소해서 그들의 입을 틀어막는 것이다.

"하지만 이건 올바른 자기 검열이지요."

간병인들도 고개를 끄덕거렸다.

"사실 저희들도 그것 때문에 고생이 많았어요."

간병인은 환자의 행동을 도와줄 수 있을 뿐, 의료용 처치는 할 수가 없다.

"제 환자 중 하나는 그런 행동 때문에 죽을 뻔하기도 했거든요."

"죽을 뻔해요?"

"네."

자신이 간병하던 환자에게 갑자기 심장마비가 왔다.

다급하게 간호사를 부르러 갔지만 자리를 지키고 있는 간호사가 단 한 명도 없었다.

그래서 2층 아래까지 가서 다른 간호사들을 데리고 왔는데, 그 시간만 3분이 넘게 걸렸다.

심장마비 상황에서 말 그대로 아슬아슬한 골든 타임이었다.

"나중에 알고 보니까 선배 간호사가 집합시켰더라고요."

그 이유도 별것 아니었다.

단순히 갈구기 위해 해당 층 간호사들을 모조리 끌고 나가는 바람에 그 난리가 난 것이다.

"결국 흐지부지되었지만요."

정형외과 쪽이라서 긴급 상황이 없다고 하지만 그건 어디까지나 일반적인 경우고, 심장마비 같은 일은 진짜 언제 어디서 일어날지 알 수가 없다.

"그런데 그 수간호사가 사과도 안 했어요. 도리어 전부 자리를 비웠다고 또 집합시키더라고요."

"허? 설마요!"

"그런 인간들은 그래요. 태움요? 태우는 애들만 태워요."

간병인들은 한숨을 푹푹 내쉬었다.

차근차근 잘 가르치는 사람도 있다.

간호사들 중에서도 태움을 하는 사람은 딱 정해져 있는 것이다.

"문제는 그 후죠."

태우는 타입이 수간호사가 되면 정상적인 교육이 안 된다.

그 간호사는 무조건 태움을 한다.

심지어 아래에 잘 가르치려고 하는 사람이 있으면 그를 태워서 쫓아낸다.

비교당하기 싫은 것이다.

"간혹 보면 뭐 하는 짓인가 싶다니까요."

간병인은 눈을 찌푸렸다.

'하긴, 누구보다 많이 보는 사람일 테니까.'

노형진도 고개를 끄덕거렸다.

극히 일부라고들 이야기한다.

문제는 계급적으로 구분되어 있는 세상에서는 그 극히 일부가 권력을 잡는 순간 전부가 되어 버린다는 것이다.

"좋은 생각이에요. 물론 증거를 모으는 게 쉽지는 않겠지만."

"증거가 없어도 됩니다. 태우는 간호사가 있는 곳만 알려 주시면 됩니다."

"그러면 된다고요?"

"네. 무리해서 증거를 모으실 필요 없습니다. 그냥 그 간호사가 있는 곳만 알려 주셔도 도움이 되니까요."

간병인들은 고개를 끄덕거렸다.

그건 어려운 일이 아니다. 거기에다 증거를 모으는 것보다 훨씬 안전하다.

"잘 부탁드립니다."

"아니에요. 우리가 도리어 도움을 청하고 싶은 일인데요."

간병인들도 그동안 본 게 있어서 그런지 고개를 숙였다.

그들이 간 후 손채림은 걱정스럽게 물었다.

"다 도와줄까?"

"다 도와주지는 않겠지. 하지만 그중 한 명만 도와줘도 되는 거야. 작은 곳은 태움이 별로 없거든."

"왜?"

"작은 곳은 섣불리 태움을 했다가 나가 버리면 타격이 크니까."

간호사 두세 명 정도 있는 작은 병원에서는 서로 친하게 지내지 태우지는 않는다.

의사가 그걸 두고 보지 않으니까.

"결국 태움은 보통 어느 정도 규모가 있는 곳에서 벌어져. 그런 곳은 필연적으로 간병인들이 들어가고."

"사이가 틀어지지는 않겠지?"

"안 그럴 거야."

어찌 되었건 그들에게 더 많이 보이는 사람은 환자의 보호자들이니까.

"두고 보자고."

제 발 저리면 하지 마라

"뭐?"

박찬희는 어이가 없었다.

얼마 전부터 도는 소문.

어떤 미친년이 간호사 태움의 증거를 모은답시고 병원비 대납을 걸고 증거를 모으기 시작했다는 것 때문이었다.

"미친년 아냐?"

"미친놈인지 년인지, 알 수는 없지."

"년이겠지. 간호사 같은 여초 직업이 어디에 있어? 사내놈들이 이런 것에 관심이나 두겠어?"

"그렇겠지?"

그들은 그 카페를 만든 사람이 당연히 여자라 생각했다. 수사

대상도 아닌 이상에야 개인 정보를 얻어 낼 수는 없었으니까.

"하여간 병원 내에 소문이 파다한 모양이야."

"그래서 뭐? 어쩌라고?"

"당분간은 조심해야 하지 않을까?"

수간호사라고 해서 모든 간호사를 다 통제하는 건 아니다.

각 부서별로 수간호사가 다 따로 있다.

그녀들이 있는 병원은 병실을 각 부서별로 나눠 다 다른 층을 쓰기 때문에 각 층별로 수간호사가 있다.

그 수간호사들은 요즘 보호자들의 시선이 왠지 꺼림칙했다.

"아무래도 그러다 걸리면 영 껄끄럽고."

걱정스럽게 말하는 수간호사.

"미친년. 그래서 뭐? 그거 증거 모아서 뭐 어쩐데?"

"글쎄, 고발하려고 하지 않겠어?"

"하면 어쩔 건데, 어? 지난번에도 고발 들어갔지만 흐지부지 끝났잖아!"

"그건 그렇지."

간호사들한테서 적당히 탄원서를 모아서 가자 아니나 다를까, 없던 일처럼 그냥 끝났다.

그 정도는 정말 별거 아니었던 것이다.

"그 일을 하는 년이 누군지 모르겠지만, 병원비 다 내준다는 건 어차피 턱도 없는 소리야. 알잖아? 수백만 원 수천만 원어치 병원비를 어떻게 다 내줘?"

"그건 그런데……."

물론 한두 명 정도는 해 줄 수 있을지도 모른다.

하지만 이런 시스템에는 문제가 있다.

고발자가 당사자가 아니기 때문에 결국 손해배상 등을 받을 수 없다는 것이다.

당연히 하다 보면 돈이 떨어질 테니 결국 흐지부지 끝날 일이었다.

자신들은 기껏해야 경찰서 몇 번 다녀오면 끝날 테고.

"누군지 모르지만 멍청한 거야."

지금까지 이 태움을 고치려고 한 사람들이 없는 게 아니었다.

아래에서 들고일어난 적도 있었다.

하지만 그때마다 다 실패했다.

자신들의 권력은 공고하다.

"걱정하지 마. 이건 저년들이 절대 못 이겨."

박찬희는 자신이 있었다.

⚖️

"진짜인가요?"

"네."

눈앞에 있는 여자는 눈물을 흘렸다.

안 그래도 돈이 없어서, 세간이라도 팔아서 병원비를 내야 하는 상황이었다.

교통사고였다. 그런데 상대방은 거지다.

심지어 상대방 보험회사도 돈을 주지 못하겠다고 버티는 상황이었다.

수술비와 입원비만 해도 무려 1억 가까이 들어갔다.

너무 힘들어서 '아버지가 차라리 그 자리에서 죽었으면.' 하는 생각까지 들었다.

하지만 멀쩡히 살아 숨 쉬는 아버지를 포기할 수도 없었다.

"네, 1억 원을 현금으로 드릴 겁니다. 대신에 받았다는 증서와 병원비를 납부했다는 증거를 가지고 오셔야 합니다."

"감사합니다. 감사합니다…… 흑흑흑……."

그녀는 눈물을 흘렸다.

"감사할 필요는 없습니다. 약속한 거니까요. 하지만 외부적으로 일부 신분이 드러날 가능성이 있습니다."

내부 고발자를 보호하긴 해야 하지만, 상대방에게 겁을 주기 위해서라도 돈을 줬다는 사실을 증명해야 한다.

"괜찮아요! 전 괜찮아요! 어차피 그 간호사랑 친하지도 않고요!"

"태움이 심한가 보군요."

"보호자들 앞에서 따귀를 때리더라고요."

그녀는 그런 장면을 모아서 가지고 왔다.

그리고 첫 번째 수혜자로 선정되었다.

"감사합니다. 덕분에 아버지가 살아나실 수 있게 되었어요."

"별말씀을요."

그녀는 그런 행동이 올바른 건지 많이 고민했다.

하지만 가족을 살려야 한다는 생각에 이를 악물고 영상을 찍어서 가지고 온 것이었다.

"어서 가 보세요. 좋은 소식은 알려야지요. 따로 행사는 못 합니다만."

"아니에요. 이것만으로도 충분해요."

고개를 끄덕거린 그녀는 일어나서 달려 나갔다. 그러면서 다급하게 기다리고 있는 어머니에게 전화를 걸었다.

그 모습을 보고 있던 서양선은 미안한 얼굴이 되었다.

"1억이나……. 미안해서……. 제가 드리는 수임료가 터무니없이 적네요."

"걱정하지 마세요. 이건 경비 처리로 잡으면 됩니다."

"경비 처리?"

"네. 제가 생각보다 부자거든요."

노형진은 어깨를 으쓱했다.

그의 드러난 재산도 적지 않다. 당연히 세금도 어마어마하게 낸다.

그런데 법적으로 이러한 기부금은 세금에서 공제된다.

당연히 노형진도 세금 공제를 하기 위해 자선단체에 막대한 돈을 내고 있었다.

"이건 절세이지 손해가 아니니까요."

"그래도……."

"대기업들이 자선사업을 하는 건 착해서가 아닙니다. 그만큼 세금을 내지 않기 위해서지요. 그건 저도 마찬가지니까 걱정하지 마세요."

노형진은 안심하라고 서양선을 다독거렸다.

"간호사들 분위기는 어떻다고 하던가요?"

"대부분의 병원에서는 태움이 많이 줄었다고 해요. 지금은 몸조심하는 분위기인 것 같아요."

"아마 이번 일이 공지되면 더 빠르게 소식이 퍼질 겁니다."

"그럴까요?"

"네. 그러기 위해 가장 비싼 걸 고른 거니까요."

"네? 단순히 사정이 딱해서 고른 게 아니라요?"

"사정이 딱한 건 저분뿐만이 아닙니다. 하지만 저분의 금액이 가장 크죠."

"그런데 왜 가장 비싼 걸?"

"이런 일은 결국 자금 문제거든요."

"자금 문제?"

"네, 결국 수익 모델이 없는 일이니까요."

수익 모델이 없으면 한정된 자금은 점점 줄어들 테고, 그러면 처음에는 괜찮을지 몰라도 나중에는 포상금을 줄 수가 없게 된다.

이것이 법이다

그리되면 돈도 못 받는데 간병인이나 보호자가, 자신이 접수했음이 드러나면 간호사들과 사이가 틀어질 걸 알면서도 신고하지는 않을 것이다.

"그래서 제가 가장 비싼 걸 고른 겁니다. 세마대 작전하고 비슷한 거죠."

"세마대요? 어디서 들어 본 것 같은데……."

"권율 장군에 관련된 일화죠."

권율 장군이 그곳에서 왜군에게 포위되었을 때의 일이다.

그 당시 왜군은 조선군을 고사시키기 위해 물길을 끊어 버렸다.

가장 기본적인 전략이었다.

이에 권율 장군은 하얀 말을 끌고 고개 위에서 쌀로 말을 씻었다.

쌀이 쏟아지는 그 모습은 마치 물 같았는데, 그걸 본 왜군이 자신들의 방법이 실패한 줄 알고 결국 철수했다는 것이다.

"이번 작전도 마찬가지지요."

돈이 넘친다는 것을 보여 줌으로써 고발자를 늘리면서, 기회만 노리는 일부 수간호사들에게 경고를 날리는 것이다.

"아마 소문나면 똥줄이 바짝바짝 탈 겁니다."

노형진은 씩 웃었다.

"그나저나 서양선 씨가 다니던 병원은 지금 어떻다고 하던가요? 사실 거기부터 제일 먼저 족쳐야 하는데."

"다른 곳에서는 찍소리 못 한대요. 한 명만 빼고요."

"박찬희인가 하는 그 사람요?"

"네, 어떻게 아셨어요?"

"그 사람이 주동자인 것 같더군요."

자신이 보고 신고했을 때도 그 여자가 주동자였고, 경찰서에서도 그 여자가 가장 공격적으로 항변했다고 들었다.

"소문이 아주 자자하더군요."

"그래요?"

"생각보다 고발자가 많습니다."

"네?"

"공식적으로는 환자의 보호자들에게만 신고를 받지만, 간호사들이라고 가입하지 말라는 법은 없지 않습니까? 어차피 익명인데."

"아하!"

서양선은 탄성을 내질렀다.

피해자인 간호사들이 직접 고발하는 것은 생각하지 못했던 것이다.

"예상하신 거예요?"

"네. 애초에 보호자들을 앞세운 건 그런 고발을 익명으로 처리하기 위해서입니다."

"대단하시네요."

아무리 회사에서는 그들을 보호하기 위해 탄원서를 쓴다고 해도, 피해자 입장에서는 절대 이 상황이 마음에 들 리 없다.

경찰에 고발하거나 하면 그 신분이 드러나서 어쩔 수 없지만 말이다.

"하지만 이제는 익명으로 고발할 수 있는 곳이 생긴 거죠."

그러니 피해자들이 직접 고발하거나 증거를 내놓기 시작한 것이다.

"하지만 수간호사들이 모를까요?"

"모를 겁니다. 외부에 공표할 때는 환자 이름을 팔 거거든요."

"네? 그러면 환자가 손해 보는 거 아니에요?"

"우리에게는 개인 정보 보호법이라는 좋은 제도가 있지요."

"네?"

"김 모 환자의 가족 김 모 씨라고 발표할 겁니다."

"아…… 큭큭…….'

이쪽에서 보호자라고 발표해 버렸으니 그들은 보호자를 의심할 것이다.

"설사 간호사를 의심한다고 해도, 증명할 방법은 없죠."

이쪽에서 그 정보를 줄 이유도 없고 말이다.

"어찌 되었건 박찬희 그 여자는 다른 간호사들과 많이 다르더군요. 다른 곳은 태움 행위를 멈추고 눈치를 보는데, 혼자서 아주 다른 간호사들을 잡아먹을 것처럼 구는 모양이에요."

"왜 그러는지 모르겠어요."

"서양선 씨가 말해 주신 행동을 한 것도 박찬희 그 여자 아닙니까?"

"네, 맞아요."

노형진은 턱을 문질렀다.

그런 사람이라면…….

'그냥 단순히 태움의 문제가 아니야.'

그녀는 멈추지 않는 게 아니다. 멈추지 못한다.

'가학성애자일 수도 있겠군.'

남이 고통받는 것을 보며 즐거워하는 사람들.

그들은 남에게 고통을 주는 것을 멈추지 못한다.

특히나 그 즐거움에 익숙해지면 더더욱 말이다.

가학성애자라고 하면 때리거나 괴상한 도구로 고통을 주는 사람들을 생각하기 쉽지만, 그런 직접적인 고통을 선호하는 사람이 있듯이 간접적으로 사람을 말려 죽이는 것을 선호하는 사람들도 있다.

'참 웃기네.'

사람을 구해야 하는 간호사가 가학성애자라니.

'하긴, 선생도 하는데, 뭐.'

노형진은 문득 기억이 났다.

그가 해결했던 사건 중에 그런 게 있었다.

유명한 기숙 학원 선생이 있었다.

그런데 그가 때려서라도 가르친다고 소문이 났다.

결국 성적이 떨어졌다는 이유로 폭행을 가하다가 학생 하나가 죽었는데, 알고 보니 그 선생은 가학성애자였다.

애초에 애들에 대한 열혈 교육열은 거짓말이었던 것이다.

'참 멀쩡한 거짓말이지.'

기숙 학원생은 총 이백쉰 명.

그중에서 누군가 성적이 올라가면 누군가는 당연히 떨어져야 한다.

그러니 수시로 시험을 보는 그곳의 특성상, 두들겨 팰 수 있는 학생은 언제나 넘쳐 날 수밖에 없었다.

그러나 그걸 모르는 부모들은 그의 교육열을 찬양했고, 결국 애가 죽고 나서야 진실이 드러났다.

"일단 증거는 충분하다고 보시면 됩니다."

"하지만 그걸 신고한다고 해도 처벌이……."

지난번에도 신고했지만 결국 흐지부지되었다.

같은 일이 벌어질까 봐 서양선은 고민하는 것이다.

"이럴 때는 선보고 후조치를 하면 됩니다."

"네? 그거 군대 용어 아니에요?"

"군대 용어이기는 하지만, 법적으로도 쓸 수 있는 용어지요, 후후후."

⚖️

"이 사건을 처리해 주시기 바랍니다."

노형진이 찾아간 곳은 경찰서가 아니었다.

물론 경찰서에 갈 수도 있다.

하지만 그 전에 미리 처리할 일이 있었다.

"이게 뭔데요?"

원장은 시큰둥하게 말했다.

마치 별거 아니라는 듯 말이다.

"일반 외과 수간호사인 박찬희 씨의 범죄행위에 대한 기록입니다."

"범죄?"

"네. 폭행과 협박, 증거 조작, 증거인멸, 감금 등등 한두 건이 아니네요."

병원장은 눈을 찌푸렸다.

고작 수간호사 한 명에 관한 일을 가지고 자신을 찾아오다니.

"고발을 하시지요."

"고발은 해 봤습니다. 하지만 제대로 처리가 되지 않더군요."

"그걸 왜 저한테 말하십니까?"

"관리 책임을 가지신 분이니까요. 이런 일이 자꾸 벌어지면 안 되지 않습니까?"

"흠……."

병원장은 짜증이 났다.

노형진이 변호사라고 하지만, 자신보다 급이 높다고는 생각하지 않았기 때문이다.

'새론만 아니었다면…….'

사실 새론이라는 타이틀이 아니었다면 애초에 만나 줄 사람도 아니었다.

새론이라고 하니까 만나 준 것뿐이다.

"알겠습니다. 저희가 받아서 처리하도록 하지요."

"감사합니다. 그러면 증거는 여기에 두고 가도록 하겠습니다."

"그러세요."

노형진이 인사를 건네고 나가자 원장은 눈을 팍 찡그렸다.

그리고 인터폰을 들고 책임자를 불렀다.

"김 부장 들어오라고 해."

잠시 후 김 부장이 들어오자 원장은 오만상을 쓰면서 증거가 들어 있는 봉투를 그에게 건넸다.

"간호사 한 명 때문에 내가 이렇게 번거로워져야 해?"

"죄송합니다."

"알아서 처리해."

김 부장은 그걸 받아서 나오면서 고개를 돌렸다.

"별 미친 변호사 때문에."

그리고 복도에 있는 쓰레기통에 증거를 집어 던졌다.

"에잉, 귀찮아. 별것도 아닌 걸로 말이야."

그는 툴툴거리면서 자신의 사무실로 향했다.

"역시나로구먼."

노형진은 기다리다가 입맛을 다셨다.

아무런 변화도 없었다.

관련 증거를 이미 원장에게 건넸다. 그럼에도 불구하고 박찬희는 멀쩡하게 근무 중이었다.

"아니, 그 정도 증거를 밀어 넣었는데 왜?"

"전에 말했잖아. 서로 관련이 없는 것 같지만 서로 알음알음 편의를 봐준다고."

"아, 그 인원 문제 때문에 말이지."

"그래."

수십 년간 이루어진 태움이다.

그걸 병원이 모른다는 것은 말도 안 된다.

그리고 그 오랜 시간 동안 태움을 당한 간호사 중에서 단한 명도 고발하지 않았을 리 없다.

"고쳐지지 않으니까 문제가 되는 거야."

"그걸 알면서도 왜 증거를 준 거야?"

"선보고 후조치가 왜 중요한지 알아?"

"왜?"

"선보고를 하게 되면 모든 책임은 상급자에게 돌아가거든."

군대라는 조직은 그렇다.

일단 보고하고 명령이 떨어지면, 책임은 그 상급자가 지게 되어 있다.

설사 명령을 내리지 않았다고 해도 마찬가지다.

제대로 판단하지 못한 상급자의 책임이다.

"하지만 여기는 병원이잖아."

"병원이지. 그리고 우리는 분명히 증거와 함께 대비책을 요구했어. 그런데 진행되지 않았잖아?"

"그렇지."

"그러면 그 책임은 누구에게 갈까?"

"응?"

"애초에 그들이 무시할 걸 알았어. 그들은 범죄 사실을 알고 있었지. 하지만 그걸 감췄어. 그러면 어떻게 될까?"

"아! 종범이 되는구나!"

"그래."

범죄 사실을 알고도 신고하지 않는 것은 명백하게 범죄에 속한다.

더군다나 원장은 법적으로 그 관리 책임이 있는 사람이다.

분명히 노형진은 그에게 증거를 내밀었다.

그런데 상당한 시간이 지난 지금도, 여전히 바뀐 것은 없다.

"애초에 그들이 끼지 않을 걸 알면서 가져다준 거야."

"잠깐만, 그러면?"

"그래, 애초에 내가 경찰에 가지고 갈 생각 자체가 없었어."

경찰에 가지고 가 봐야, 지난번처럼 병원에서 적당히 수습할 것이다.

"하지만 원장이 엮이면 그게 안 되지, 후후후."

원장이 엮인 이상, 병원에서는 박찬희를 고발할 수밖에 없다.

그리고 자기들이 고발해 놓고 멀쩡하게 그녀를 놔둘 수는 없다.

"우리가 왜 싸워? 우리는 뒤에서 구경만 하면 되는 거야."

⚖

원장은 부들부들 떨었다.

경찰이 가지고 온 고발장에는 업무상 배임과 증거인멸까지, 죄목이 적혀 있었다.

"김 서장! 이게 무슨 일이야!"

그는 다급하게 담당 경찰서장에게 전화했다.

-그게, 원장님, 증거를 원장님에게 드렸는데 사건을 진행하지 않아서 고발한다고 합니다.

"증거? 무슨 증거!"

-박찬희라는 간호사의 폭행 및 협박 사건입니다.

"박찬희? 그게 뭔데? 난 몰라! 고작 간호사 하나 따위에게 내가 신경 쓰게 생겼어?"

-죄송합니다. 하지만 원장님, 어쩔 수가 없습니다. 증거

가 명확해서…….

"뭐? 증거가 명확하다니?"

─원장님에게 증거를 드리는 장면이 다 녹화되어 있었답니다.

"이런 염병."

그제야 원장은 얼마 전에 있었던 일이 기억났다.

별거 아니라고 생각해서 부장에게 통째로 던져 준 사건.

그런데 그게 아직도 처리가 안 됐다니.

"이런 염병……. 이거 맞는 거야?"

─맞습니다. 일단 증거를 원장님께 드렸는데 신고도 안 되었고, 사건에 대한 최소한의 조치도 되지 않아서…….

"내가 그런 거 신경 쓸 자리야!"

─죄송합니다. 하지만…… 그…… 조직이라는 게…….

결국 범죄 사항은 수뇌부에서 최소한의 조치를 취해야 한다.

더군다나 항의가 들어갔는데도 아무 조치 하지 않는다면, 법적으로 업무상 배임에 들어갈 가능성이 아주 높다.

소송을 하면 이길 수도 있겠지만…….

'이게 무슨 개쪽이야!'

주변에 이 소문이 나면 그 창피를 어떻게 감당하겠는가?

"이런 염병!"

'쾅' 소리가 나게 전화기를 내던진 그는 당장 김 부장을 불렀다.

"김 부장! 이 새끼 당장 들어오라고 해!"

심상치 않은 목소리에 허둥지둥 들어온 김 부장.

그의 얼굴로 출석요구서가 날아왔다.

그는 그걸 보고 얼굴이 사색이 되었다.

"이 새끼야! 너 이거 뭐야!"

"네? 네?"

"일을 어떻게 처리했기에 나한테 이런 출석요구서가 날아
오느냔 말이야!"

"어…… 아…… 그러니까."

김 부장은 얼굴이 사색이 되어서 벌벌 떨었다.

"너 이 개잡년을 왜 그냥 뒀어!"

"그게…… 저희 입장에서는 간호사들은 그냥…… 별개 조
직으로 취급하는지라……."

"별개? 하? 별개? 이 개 같은 새끼야! 언제부터 간호사들
이 별개 조직이야! 나는 뭐 허수아비야? 어? 내가 무슨 그
애들 몸빵이냐고!"

"아니…… 죄송합니다……. 그게……."

이를 박박 가는 원장.

그리고 바들바들 떠는 김 부장.

"너 이 새끼야! 증거 어디에 있어! 당장 그거 가지고 가서
고발 안 해!"

"즈…… 증거요?"

"그래, 증거! 그날 변호사가 가지고 왔던 거 말이야! 그거 어디에 있느냐고!"

"그게 그러니까……."

그게 있을 리 없다.

당시에 문을 나서자마자 쓰레기통에 버렸으니까.

"없어졌습니다."

"없어져?"

"네, 없어져서……."

원장은 눈이 돌아갔다.

병원 내에서 원장까지 할 정도면 정치 싸움이 장난이 아니다.

당연히 그가 그런 말에 속을 만큼 멍청하지도 않다.

"너 지금 죽고 싶냐?"

"네?"

"지금 물어봤는데, 찾아보지도 않고 없어진 걸 어떻게 알아?"

"허억!"

차라리 가서 찾아보고 없어졌다고 보고했다면 이해라도 하겠는데, 찾아보지도 않고 다짜고짜 없어졌단다.

그게 무슨 뜻인지 모를 원장이 아니었다.

"너 이 새끼, 그 개잡년이랑 붙어먹었냐?"

"네? 아…… 아닙니다! 아닙니다!"

"아니긴 뭐가 아냐! 그럼 그게 어딜 가! 어!"

"그게……."

"이런 개새끼가! 감히 날 엿을 먹여?"
원장의 노호성이 온 병원에 쩌렁쩌렁 울렸다.

"지금까지 태움 하던 수간호사들, 대대적으로 잘렸대요."
서양선은 신기하다는 듯 말했다.
"그래요?"
"'그래요?'가 아니라, 진짜 이렇게 쉽게 진행될 줄은 몰랐네요."
지금까지 아무리 고발해도 제대로 처벌된 적이 없었다.
하지만 화가 난 원장이 태움에 대해 대대적으로 조사했고, 지금까지 태움을 하던 간호사들이 모조리 목이 날아갔다.
"원장 입장에서는 어쩔 수 없었을 겁니다. 자기가 창피를 당하게 생겼으니까요."
"그런가요?"
"그들이 사는 세계는 어지간한 건 다 덮을 수 있어요. 힘이 있으니까요. 하지만 그들 세계에서 창피를 당하는 건 좀 다른 문제거든요."
"다른 문제라고요?"
"가령 이런 소문이 날 수 있지요. 원장이 붙어먹은 간호사를 비호하려고 증거를 버린 게 나중에 문제가 되었다든가."

"네? 하지만 붙어먹은 건 김 부장이라던데요?"

뒤에서 듣고 있던 손채림이 키득거렸다.

"그런 변명이 어디 한두 번이어야지. 알잖아? 그런 변명 하는 놈이 한두 명이야?"

"응?"

"정치인의 비서가 뇌물받았다고 하면, 사람들은 뭐라고 생각하지?"

"아하!"

당연히 정치인이 뇌물을 받고 꼬리를 잘랐다고 생각한다.

이번 사건도 마찬가지다.

부장이 경찰서에 자진 출두해서 자기가 증거를 버렸고 박찬희와 은밀한 관계를 가졌다고 진술했지만, 주변에서는 그 말을 믿지 않는다.

"물론 당하는 사람 입장에서는 억울해서 미칠 노릇이겠지."

문제는, 이제 와서는 그 소문을 막을 방법이 없다는 것.

결국 자신의 억울함을 풀기 위해선 박찬희와 그 일당에게 가능한 한 가혹한 처벌을 줄 수밖에 없다.

"전이라면 병원이 구설수에 오르는 걸 피하기 위해 사건을 덮었겠지만, 원장 개인이 구설수에 오른 이상 그걸 풀기 위해 반대로 고발이 강해질 수밖에 없는 거지."

"아하!"

그리고 보호하던 병원에서 해직당한 이상, 범죄를 저지른 수간호사들은 처벌을 피할 수가 없다.

"증거를 모아서 원장을 엮는다니, 전혀 생각도 못 했던 방법이네요."

"보통 원장들은 간호사들과 거리가 있는 사람들이니까요. 당연히 그런 생각을 못 합니다. 더군다나 말씀하셨던 것처럼 별개의 조직처럼 생각되었으니까요. 하지만 원장에게 관리 책임이 있는 것은 사실이거든요."

노형진은 어깨를 으쓱했다.

"아마 이 소문이 나면 다른 병원들도 일제히 태움에 관해서 조사할 겁니다."

안 그러면 원장이 엮여 들어갈 테니까.

"조사하지 않는 곳이 있으면 증거만 들고 찾아가도 그만이고."

그러면 하기 싫어도 원장은 일해야 한다.

"뭐, 이제 돈 나갈 일은 없어요."

소문이 파다하게 난 이상 카페에 피해자들이 찾아올 테니까.

지금 이 순간도 수많은 사람들이 피해 사례를 올리고 있다.

"정말 대단하세요. 진짜 이렇게 쉽게 해결될 줄은 몰랐어요. 채림이 너도 고마워. 너희 변호사, 진짜 유능하다."

"후후훗, 그러면 축의금은 이걸로 통치는 거다."

"웃기는 소리 하지 마. 넌 안 받을 것 같아?"

"윽."

한 방 먹은 손채림이 당황하자, 서양선은 그런 그녀의 옆구리를 쿡 찔렀다.

"나 스테이크 좋아한다. 알지?"

"전 갈비탕이 좋은데요."

"네?"

"아니, 전 스테이크보다는 개인적으로 갈비탕을 좋아해서요."

서양선은 갑자기 한숨을 푹 쉬더니 손채림의 어깨를 토닥토닥 두들겼다.

"힘내라."

"내가 뭘?"

"그래…… 너한테 뭘 바라겠냐……."

왠지 묘한 표정을 하는 서양선이었다.

다음 권으로 이어집니다

200평 초대형 24시 만화방

수면실 (침대식) ── 사우나석

다인석 ── 샤워실

세탁기 ── 신간100%

📖 수원 인계동점

● 나혜석거리 ● 농협

● CGV ● 수원시청역 ⑧

무비 사거리

소주한잔 건물 24시 만화방 3F

홍콩반점 홈플러스

TEL : 031-226-3771
수원시 팔달구 인계동 1041-11 3층 24시 만화방

📖 의정부점

의정부역 ④ ⑤ 흥선지하도

◀서울방향

진성약국 던킨도넛츠

24시 만화방 3F

TEL : 031-856-3971
경기도 의정부시 의정부동 197-13 3층

📖 주안점

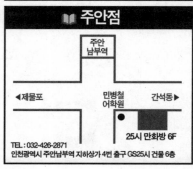

주안 남부역

◀제물포

민병철 어학원 간석동▶

25시 만화방 6F

TEL : 032-426-2871
인천광역시 주안남부역 지하상가 4번 출구 GS25시 건물 6층

📖 안양점

● 안양역 육교

◀관악역 명학역▶

농협 24시 만화방 2F 안양일번가

TEL : 031-466-3771
경기도 안양시 안양동 674-163 조이당구장건물 2층

憑依劍神

빙의검신

서준백 신무협 장편소설

무협 소설에 빙의되며 갖게 된 행복
그런데 원작에선 우리 세가가 곧 멸문?

적당주의 7급 공무원, 정신을 차려 보니
무협 소설 '영웅로'의 쩌질한 악역에 빙의됐다?

가족의 정을 알려 준 제갈세가,
그리고 자신과 주변의 무사안일을 위해
기억 속 '영웅로'의 내용을 이용한다!
알고 있는 내용은 8권까지지만……
뭐, 검사검사 무림도 구해 보실까?

야, 고구마 주인공!
이 안하무인 망나니가 잘 키워 줄게!

오지는 놈들의 끈적한(?) 우정과 함께하는
좌충우돌 무림 구원 기행!

황룡의 비상

이윤규 대체역사 소설

혼란스러운 조선에
첨단 지식의 참맛을 보여 주다!

201X년, 폭발 사고에 휘말린 이영도 대위
그리고 낯선 곳에서 깨어나는데……

지금이 조선 건국 5년이라고?

화포 제작부터 한글 반포까지
조선 발전을 가속시키는 영도
일본 정벌도 식은 죽 먹기!

조선에서 대한민국까지
역사를 재설계하라!

퍼펙트 라이프

진유호 현대 판타지 장편소설

완벽하게 망가졌던 이 남자, 완벽해져 돌아왔다?
꼴찌 가장 진동수, 인생의 행복을 붙잡아라!

실패한 사업가, 무능한 사원, 가족들에게 무시받는 가장,
그리고…… 담도암 말기
오열하는 모습까지 SNS에 퍼져 전 국민의 비웃음거리가 되고
실패로 점철된 인생이 나락으로 치달은 그 순간,
벼락 한 방에 모든 게 뒤바뀌었다!

사라진 암세포, 강철 체력, 명석해진 두뇌
밑바닥 인생 진동수에게 남은 일은 이제 성공뿐!
그런데 이 능력……
혼자만 잘 먹고 잘 살라는 건 아닌 것 같다?
눈앞의 붉은 선을 따라가면 위험에 빠진 사람들이!

나의 행복도, 남의 안전도 놓치지 않는다!
화랑천 울보남의 국민 영웅 등극기!